Klaus Brandenburg

Stammtischgegrummel

In Berliner Kneipen zugehört

Klaus Brandenburg

Stammtischgegrummel

In Berliner Kneipen zugehört

Impressum

Bibliografische Information der Deutschen Nationalbibliothek:
Die Deutsche Nationalbibliothek verzeichnet diese Publikation in der Deutschen Na-
tionalbibliografie; detaillierte bibliografische Daten sind im Internet über
http://dnb.dnb.de abrufbar.

© 2024 Klaus Brandenburg
www.klausbrandenburg.info

Herstellung und Verlag:
BoD – Books on Demand, Norderstedt

ISBN 9783759761354

INHALTSVERZEICHNIS

VORWORT

An dieser Stelle soll ein extrem kurzes Vorwort stehen, damit die Proportionen zu den kurzen nachfolgenden Texten gewahrt bleiben. Denn es macht ja keinen Sinn, wenn man sich in Kneipen setzt und zuhört, was die Berliner so von sich geben und dann ein langatmiges Vorwort dazu verfasst, nur um zu zeigen, dass der Redakteur und Herausgeber durchaus nicht mit allem einverstanden ist, was ein Stammtisch so von sich gibt, wenn der Abend lang und der Alkoholpegel bis in die Großhirnrinde gestiegen ist. Wenn er die Texte für unzumutbar hielte, dann sollte er sie nicht veröffentlichen. Und wenn er mit der einen oder anderen Formulierung nicht einverstanden ist, dann sollte er sie schwärzen. Aber wenn er ein bisschen Courage hat, dann lässt er das Volk schwatzen, wie's Maul gewachsen ist.

Der einzige Grund für dieses Vorwort ist, dass der erste Beitrag gar kein Mitschnitt aus einer Kneipe ist, sondern ein Stoßseufzer des Autors. Überschlagen Sie ihn. Lesen Sie lieber die kurzweiligen Texte über Wetter und Weiber, über Fußball und Fußpilz und was man angeblich heute nicht mehr sagen darf. Oder die Kommentare zu aktuellen Ereignissen, die kein Redakteur in offiziellen Medien verbreiten würde – zu platt. Oder erfreuen Sie sich an Skurilitäten, die man bestenfalls bei YouTube oder TikTok erwischt. Aber dazu braucht man immer Strom; für diese Texte nicht.

Ach so, wundern Sie sich nicht über die Schreibweise. Die weicht mitunter weit vom DUDEN ab; es ist Berliner Slang. Schlimmstenfalls müssen Sie es sich laut vorlesen, dann wird's immer klar.

Und noch was: Die Beiträge sind für das Rentner-Radio GINSENG, ein Internetradio (https://radioginseng.de) aus dem Land Brandenburg, geschrieben und dort gesendet worden. Da sie sich mitunter auf Zeitereignisse beziehen, stehen im Inhaltsverzeichnis die Entstehungszeiten. Heute sind wir natürlich alle klüger…

Der Ukrainekrieg – eine persönliche Einlassung

Mein Name ist Klaus Brandenburg. Ich gehöre zur glücklichen Generation. Ich lebe ein Leben, wie es anderen deutschen Generationen nie vergönnt war: ich habe nie einen Krieg erlebt, ich habe an keinem Krieg teilgenommen. Manchmal sah es brenzlich aus in Berlin. Als sowjetische Panzer 1953 durch die Stadt knatterten, sah ich voller Interesse zu. Als sowjetische Panzer in Ungarn ‚gegen die Konterrevolution' wieder Ordnung herstellten, war das weit weg von meinem Klassenzimmer. Als 1961 die Mauer gebaut wurde, habe ich nur auf meine neuen Umwege geflucht. Erst als NVA-Soldaten 1968 in Bereitstellungsräume gegen die Tschechen rückten, bekam ich Magenschmerzen.

Und nun? Was war da 2008 in Georgien los? Keine Ahnung, warum Abchasien und Süd-Ossetien nicht mehr unter georgischer Kontrolle stehen. Aber bei der Krim hatte ich keine Zweifel mehr. Wie konnten sich einige entblöden, von Chrustschows Geschenk zu faseln oder dass ja in einer Volksabstimmung die Mehrzahl der Einwohner der Krim für den Anschluss an Mütterchen Russland stimmten. Da hätte man nur CSU-Politiker zu befragen brauchen, was man mit Freibier alles erreichen kann.

Waren wir nicht alle froh geworden, als die Unverletzlichkeit der Grenzen in Europa festgeschrieben wurde, als die Androhung und Anwendung von Gewalt zur Konfliktlösung stigmatisiert wurde. Der europäische Frieden war gesichert! Hurra! Mit Stirnrunzeln habe ich beobachtet, wie Gorbatschows Plan vom ‚Haus Europa' in Siegerlaune beiseitegefegt wurde. Statt einen Kontinent des Friedens und des Wohlstands zu bauen, schien man auf Russland verzichten zu können. Und heute erklären uns Psychologen den Groll Putins.

Was machen die Eltern in unserer Nachbarschaft, die alles für ihren Sohn getan haben, alles. Der aber nun nicht mehr nur selber Gras raucht, sondern die elterliche Wohnung als Drogenumschlagplatz eingerichtet hat. Reicht da noch eine Gardinenpredigt? Wie oft habe ich jetzt schon Fernsehinszenierungen gesehen, wo die Töchter ihre Eltern aus ihrem Zimmer schmeißen, weil in diesem Zimmer ja die Tochter die Hoheit ausübt. Man muss um Erlaubnis fragen, ob man in ein Zimmer seines Hauses, seiner Wohnung treten darf. Man muss

Geld hinlegen für die Sonderwünsche des Sohns. Und hört bei Nichterfüllung den Satz: „Ich hasse dich!".

Was ist nun eigentlich mit dem regelbasierten Zusammenleben? Ach, wäre das schön mit Kants Ewigem Frieden. Oder mit dem biblischen Zusammenliegen von Löwe und Schaf. Ist nicht. Und nun? Ein bisschen Stammtischgegrummel?

Was soll dieser Text? Erkläre ich feierlich meinen Protest gegen die Aggression Russlands? Warte ich auf die nächsten Coups? Wäre nicht ein ‚Korridor' Russlands zu seiner Enklave Kaliningrad zwingend? Und gehören nicht überhaupt die baltischen Republiken zum russischen Großreich? Und kann man nicht verstehen, dass Russland von Finnland über Belarus und Ukraine und Moldawien einen cordon sanitaire braucht, um sicherzugehen, dass die böse NATO ohne Anzuklopfen gleich im Moskauer Wohnzimmer steht? Also warum dieser Text?

Erstens: Ich habe kein anderes Mittel. Zweitens: Ich muss meinem Herzen Luft machen, sonst werde ich krank. Drittens: Ich hoffe, ein paar Leute zum Nachdenken zu bringen, die auf die ostdeutschen Unternehmen schauen, die unter den Sanktionen leiden werden. Ich hoffe, dass viele alte Genossen nicht in ihrem ideologischen Korsett gefangen bleiben. Früher waren wir unsicher, ob nicht hier und da der Zweck doch das Mittel heiligt. Dass man angesichts eines übermächtigen Feindes jetzt nicht nur vom Frieden reden darf, sondern doch zum Manöver ‚Schneeflocke' die Kinder ausrücken lassen muss. Dass man ‚in diesen Zeiten' nicht zu tolerant sein darf und besser zur Maxime steht: Bist du nicht für mich, so bist du mein Feind!

Nie in der menschlichen Geschichte gab es einen paradiesischen Zustand des Friedens. Aber immer haben sich Menschen danach gesehnt. Und haben Gebote formuliert. In allen Communities. Hier, bei uns erinnern sich alle an „Du sollst nicht töten!" und „Du sollst nicht falsch gegen deinen Nächsten aussagen!". Putin verstößt dagegen.

Ich bin gespannt, ob dieser Satz „Putin verstößt dagegen" in meinem Freizeitradio GINSENG gesendet werden kann. Wir sind ein Sender, der sich nicht in

Politik einmischen kann und will. Wir machen Musik. Wir unterhalten unsere Zuhörer mit Rezepten und Gartennews. Wir erzählen Geschichten und unterhalten uns mit uns bislang unbekannten Leuten. Wir geben keine politischen Deklarationen heraus. Und ich?

Ich schreibe diesen Text und sende ihn an unsere Programmredaktion. Und ich regle meine Gasheizung ein bisschen runter und ziehe einen dickeren Pullover an…

Gasgeschwätz, vor sich hin gesprochen

Unser Mann hob grüßend die Hand; sollten sie nur schon nach Hause gehen. Er hatte ja gerade noch ein frisches Bier bekommen und es wäre schade, es stehen zu lassen oder es mindestens schnell herunterzustürzen. Er nahm also einen genussvollen Schluck, schüttelte aber seinen Kopf. Nicht wegen des Biers.

"Nur Jeschwätz", brummte er. "Nur Jeschwätz." Und nach einer Pause: "Da ham wa den janzen Abend über die Ukraine jeredet. Und et sind ja och alle dafür. Aber denn bloß noch von Öl und Jas quatschen…"

Da legte sich eine breite Hand auf seine Schulter. "Hast wohl keenen Jesprächspartner mehr?!"

Unser Mann blickte hoch. "Peter. Bist ja noch da."

"War uff Klo." Und sah, wie unser Mann sein Glas Bier aus der Tischmitte zog, als hätte das Peter am Hinsetzen behindert. "Nee, lass ma. Ick muss och. Wir ham Morjen Qualitätsmanagement. Da komm so zwee Leute und kieken sich allet an. Also, ick muss. Mach's jut."

Unser Mann nickte und hob seine Hand verständnisvoll zum Gruß. Dann kehrte Stille ein am Tisch. Sicherheitshalber sprach er jetzt mit sich tonlos, nur im Kopf. 'Wenn de die frachst, wat se machen wollen, denn kieken se bloss.'

'Na Mensch, war willste denn machen?! Die müssen denn allet drosseln.'

'Drosseln tut schon der Putin, wa', winkte ein anderer ab.

'Ja, denn wird's kalt.'

Kalt war ein gutes Stichwort nach neuen Gläsern mit frischem Bier. Bis zur Lieferung war zu hören: 'Krankenhäuser und so und wir, also die Bevölkerung, zuletzt, wa.'

'Na, is ja toll! Deine Klitsche muss dichtmachen, aber zu Hause hastet denn schön warm.'

'Arbeitslos u n d frieren - dit wär ja'n bisschen vielle, wa?'

'Jenau. Dit finden och die Ukrainer, die nehm denn jern Rücksicht. Also, dit die Deutschen friern, dit jeht ja jarnich. Dit würde ihre ausjesprochen hohe Meinung von uns Deutschen mächtich beschädigen.'

'Na, Mensch, wat willste denn machen, wa?'

Bei dieser Frage hatte sich unser Mann zurückgelehnt und gedacht: Jetzt geht's los! Aber denkste. Und laut sagte er jetzt zu seinem Gesprächspartner, der vielleicht schon im warmen Heim war: "Da hättste och sagen können: Da könn' wa nüscht machen."

Die Kellnerin warf einen kurzen Blick: War bloß ein Selbstgespräch. Kannte sie. Dabei hatte unser Mann vorhin im Gespräch richtig aufgedreht. 'Als der Sarazin jesacht hatte, die solln sich man'n Pullover mehr anziehn, da ham se uff ihn einjedroschen.' Dann hatte er Egbert den Alten angeschaut: 'Na du, du kannst dir doch uff dein Eijenheim Solar uff's Dach schnalln.'

'Ja, fass mal'n nackichten Mann in die Tasche! Außerdem stehn bei uns Bäume vor.'

'Hau se um.'

'Klar, denn kommt die Baumschutzbeuftrachte und erzählt wat von Ozon und Sauerstoff und Piepmätzen. Aber wat hat denn nun Vorrang?'

Und ätzend die Antwort von einem anderen: 'Die Bürokratie!' Gelächter. Und einer setzte noch nach: 'Wir sind ja hier in Deutschland, da kannste nich überall zugleich ne Zeitenwende habn.'

Unser Mann giftete: 'Alle wolln wa Strom aus der Dose. Aber keener ne Braunkohlengrube vor die Stadt, Kraftwerk och nich. Von son Atommeiler janz zu schweigen.' Er hatte offensichtlich schon länger darüber nachgedacht und setzt noch eins drauf: 'Und wenn die Strom vom Norden nach den Süden bringen wollen und so ne jroße Leitung bei dir langjeht, denn wird jleich ne Bürgerbewegung jemacht. Die verschandelt doch den Vorjarten! So, nu mach ma wat!'

Da hatten sie alle gesessen und vor sich hin gestiert. Gesessen und geschwiegen. Und unser Mann wiederholte jetzt sein Urteil: "Allet Jeschwätz! Aber keener macht wat." Trank sein Bier aus und ging heim...

Kolibrihut

Sie hatten schon ein paar Bierchen getrunken, hatten die Fußballspiele vom Wochenende kommentiert.

„Naja", hieß es abschließend, „dit war ja nu keen Uffrejer, da hätt ick och im Jarten weitermachen könn."

Zustimmendes Nicken der anderen Fußballengagierten. Pause. Dann hob Peter der Erste seinen Kopf. Es handelt sich natürlich nicht um den historischen Zaren aus Russland, sondern Peter war der erste in der Runde gewesen, überall, im Karnevalsverein, in der Feuerwehr und bei der Unterschrift gegen den Bürgermeister. Peter der Erste straffte sich, blickte die andern herausfordernd an und machte eine Pause. So, jetzt hatte er die Aufmerksamkeit aller.

„Wissta, wat uffrejend war?!"

Natürlich war das keine ernstgemeinte Frage, sondern ein rhetorischer Kunstgriff.

„Uffrejend war der Hut." Er ließ genussvoll seine Blicke in die Runde schweifen. Tatsächlich aber ließ die Aufmerksamkeit nach als hätte man den Gashahn am Gasherd zugedreht. „Ick saje nur: Ascot! Wo die die Pferde immer galoppieren lassen. Ick kieke dit ja nur, weil ick dit wie een Museum finde. Wie die so anjezogen sind, wie die so jehn und stehn und ihrn Piccolo schlürfen. Und denn, die Weiber mit ihre Hüte!"

Die Aufmerksamkeit kehrte müde zurück. Ja, da hatten die andern auch schon mal einen Blick riskiert, aber Pferde waren nicht so ihr Ding. Aber dann kam doch ein Gespräch auf Sparflamme in Gang.

„Irre Dinger. Wagenrädergroß."

Und von links kam die Ergänzung: „U… u… und T… T… Tüll vorm Jesicht."

„Aber dit Dollste habick jestern jesehn. Soon Hut hat noch keener jesehn." Wieder die Kunstpause, um die Aufmerksamkeit zu pushen. „Damit hat die alle ausjestochen. Soon Hut habta noch nich jesehn."

„Versteh ick nich", widersprach Heinz. „Dit is doch imma ditselbe. Jrößer und noch jrößer und ijendwelchen Firlefanz druff, wa."

Peter der Erste ließ sich nicht aus der Ruhe bringen. „Wenn ick saje: Sowat habta noch nich jesehn, denn is dit so. Also ick fang mal an: So, na, so mittelgroß. Dieselbe Farbe wie dit Kostüm. Übrijens: tolle Oberweite."

Er wurde unterbrochen: „Ha, na erzähl mal dit. Find ick spannenda als een Hut."

„Nee, lass ma, wirst schon sehn. Also, also an den Hut warn Blüten." Kunstpause. Aber die Spannung stieg nicht. Also nachgelegt: „Echte Blüten!"

Kein Effekt, nur Schulterzucken. „Jetz kommts: der Hut war über und über mit echte Blüten jeschmückt und um die Blüten flojen die Vöjel." Überraschung.

„Wat denn für Vöjel? Geier?"

„Na, Mensch, ihr kennt doch die kleenen Vöjel, die in der Luft stehen könn', wo de nur son Jesummse hörst, weil die, weil die janz schnell mit ihre Flüjel schlang. Wie heißen denn die?"

„Du meinst Meisen?"

„Ach, Quatsch. Doch nich von uns sone Vöjel. Sone janz bunten, so, so wie.. " Er suchte nach einem treffenden Vergleich. Das berühmte Bild von den Fliegenden Edelsteinen fiel ihm nicht ein. „Nu sacht doch ma! Die kleenen bunten Vöjel in Brasilien da, da im Amazonas!"

„Du meinst Colibakte…, äh Kolibris?"

„Jenau! Kolibris, verstehta?! Die hatte uff ihrn Hut richje Blüten und um die Blüten flojen Kolibris."

„Na", erinnerte einer, „die ham doch soon langen Schnabel und soone lange Zunge. Die holn denn den Nektar aus den Blüten."

Peter der Erste war zufrieden. Endlich war der Motor angesprungen. Oder stotterte er schon wieder? Da fragte doch einer: „Aba, wenn dit richtje Vöjel sind, denn fliejen die doch weck!"

Peter: „Jenau! Dit is da dit Ding! Wohin die Olle och lief, imma flojen die Vöjel um ihrn Hut."

Skeptischer Einwand: „Aber wenn die Blüten leerjelutscht sind, denn, denn flijen die doch weg." Einverständiges Nicken.

„Vielleicht hat die immer neue Blüten an ihrn Hut jesteckt?"

„He, dit is aban Uffwand!"

„Naja, aba soon Hut hatte eben noch keene."

„Also mir wär dit zu uffwändich." Alle Augen auf den jungen Egbert, den sie nur mit Kappe kannten. Egbert mit Hut, - ein interessanter Gedanke.

Andreas: „E... E... Eggi mit H... H...Hut und P...P...Piepmätze." Allgemeines Gegrinse. Egbert mit Piepmätze, nicht schlecht. Egbert tippte sich an den Kopf. „Ach, ihr piept ja! Ick bestell lieba ne neue Runde." Damit waren dann alle zufrieden. Prost!

Kulturkampf um rote Nasen

Die Tür flog auf und mit einem Schwall von Wassertropfen stürzte Egbert der Alte herein. Alle Augen wendete sich ihm zu.
„Puh, dit is ja een Regen!"
„Haste dir doch jewünscht. War dir doch die janze Zeit zu heiß."
Egbert trat näher, schaute auf seinen Sohn und sagte nach einem Blick in die Runde. „Is ja schon recht. Aber ick hatte doch bestellt: erst wenn ick in die Kneipe bin!"
„Eh, hör mal uff zu tropfen, du verdünnst mir ja dit janze Bier, wa!", protestierte Heinz
Nachdem nun diese herzliche Begrüßung in der Stammtischrunde erfolgt war und der Neuankömmling auch sein Bier bestellt hatte, konnte der Abend beginnen. Also fragte er: „Und, wat jibt et so?"
„Kulturkampf", war die knappe Antwort.
„Zwischen Hertha und Union?"
„Quatsch. Seit einije Zeit darfst de nich mehr Innianer sagen und meene Enkelin durfte och nich als Squaw zum Fasching jehn, − dit wär Aneignung

fremder Kultur, dit is quasi Kolonialismus. Dit wusstee die Kleene nich. Hat se jeheult. Na, is se als Heulsuse jejangen."

Jetzt war das Thema richtig eröffnet. Heinz erzählte von Holland, wo die schon seit Jahren diskutieren, ob die Gehilfen von Santa Claas noch Swarte Pieter sein können.

„Wieso denn nich?"

„Na, weil dit doch eijentlich Sklaven for den Heilijen warn, Schwarze aus Afrika."

„Versteh ick nich."

„Na, und heute noch sich dit Jesicht schwarz anjemalt haben. Sind doch weiße Kinder. Is och kulturelle Aneignung."

Die Runde wurde nachdenklich. Dann von Max, der ja immer ein bisschen um die Ecke denkt, die Frage: „Ja, und nu wees ick nich: Kann ick noch int Krankenhaus jehn."

Fragende Blicke.

„Na, ick bin doch bei ,Lachen hilft'. Da setz ick mir ne rote Neese uf die Neese und spiel den Clown."

„Na, is doch jut, Mann!"

„Ja, aber ick bin doch in Wirklichkeit jar keen Clown, ick bin doch Elektriker. Is denn dit nich och kulturelle Aneichnung?"

Nun kam eine Runde frisches Bier und so wurde erst einmal angestoßen und getrunken. Und nach dieser Denkpause die ernst gemeinte Frage: „Wenn die sich jetzt ufrejen, dit een weißer Knabe den jungen Winnetou spielt und die Rolle doch einem Soux hätten angeboten werden müssen...

„Einem wat?"

„Soux. Du sachst immer Siux. Also, wenn der Kleene den jar nich spielen darf, denn darf ja och von der Helen Mirrow nicht die Queen jespielt werden. Muss die denn selber machen."

„Aber die is doch dood. Und muss denn een Arbeitsloser, muss der von eenem Arbeitslosen, een Bettler von enem Bettler jespielt wer'n?"

„Aber d... d... die könn d... d... doch jar n..nich spieln."

„Is den Kulturkämpfern doch ejal."

„Du hast ja so Recht. Und stellt euch ma vor: Und wenn die eene Liebesszene spieln, denn müssen die sich aber och wirklich lieben. Oder noch besser: Liebesszenen, ick sach jetz ma janz direkt: een Jeschlechtsakt muss jetzt aber och wirklich stattfinden."

Da waren die Meinungen geteilt. Einige waren noch alte Schule und wollten so was nicht in Breitwand sehen. Einer Meinung aber waren sie, dass man heutzutage höllisch aufpassen muss. ‚Neger' darf man ja schon lange nicht sagen, ‚Schwarzer' besser auch nicht. ‚Indianer' nicht und ‚Eskimo' nicht.

Und von Egbert dann der Schlusskommentar: „Is ja wie in Russland, wo die och nicht von Krieg jejen die Ukraine reden dürfen."

Die Antwort: „Na, denn sachste eben ‚militärische Spezialoperation'. Und zu die Wörter sachste eben ‚Spezialwort'…"

„Na, een bisschen jenauer darfste schon werden. Denn sachste dit ‚N-Wort'"

Und Heinz: „Versteh ick nich."

„Denn haste Pech. Ick werd jedenfalls dit ‚N-Wort' nich sajen, sonst krieg ick hier noch Hausverbot und muss meen Bier alleene trinken. Nee, will ick nich."

„Denn biste eben een Einzelkämpfer, een einzelner Kulturkämpfer."

„Na, eben nich. Die Kulturkämpfer radiern doch die janzen Worte aus."

Egbert der Alte: „Mensch, denkt doch mal! Wenn die nu wat jejen dit Wort ‚Bier' finden?!"

Schrecklicher Gedanke. Und sofort formierte sich eine Widerstandsfront: „Nee, also denn hört die Jemütlichkeit uff. Ans Bier lasen wir die nich ran!"

Damit waren alle sehr einverstanden. Prost!

Weiber

Der Abend war schon fortgeschritten; Fußball war durch, sogar Krankheiten waren heute diskutiert worden. Das machte man sonst nicht, aber die Verletzungen von Peter dem Ersten hatten Teilnahme ausgelöst. Peter war hier der Erste, weil er in der Freiwilligen Feuerwehr...

„Wat heißt'n Freiwillje Feuerwehr? Na, ihr guckt so. Sind denn die andern unfreiwillich in die Feuerwehr?"

Man stutzte. Tatsächlich. Andreas hatte einen Vorschlag: „S... S... Sach d... d... doch ehrnamtliche Feuerwehr, die a...ndern sind B... B... Berufsfeuerwehr."

Ja, das konnte gehen. Aber Eggi war heute der Besser-Wissi. „Und wieso Feuerwehr?"

Man verstand nicht. Eggi: „Na, Feuer is ja da und da janz anjebracht, zum Beispiel in mein Kamin. Und da is noch nie nich die Feuerwehr jekomm. Die kommt eijendlich nur, wenn een Brand zu bekämpfen is."

Max. der immer ein bisschen um die Ecke dachte, dachte heute schnurgerade: „Soll et also Brandwehr heißen, wat?!"

Eggi: „Jenau. In Holland heißt dit och so."

Man stierte in sein Bierglas und dachte nach. Aber eigentlich waren sie ja vom Thema abgekommen: Die Verletzungen, die sich Peter beim letzten Löscheinsatz zugezogen hatte. „Da is mir een brennendit Brett in den Hals jefalln."

„Na, ick denke, ihr habt so Lederdinga am Helm?"

„Jenau. Hinten. Aber dit Brett kam von die Seite."

Igittigitt; unangenehm. Und um Peter zu trösten, hatte Heinz von seinen Nierensteinen berichtet und dass Koliken verdammt wehtun. Und die andern hatten gleich in ihren Krankenakten geblättert und sachdienliche Hinweise auf vielfältige Leiden ausgebreitet.

„Man, nu hört doch ma uff. Et jebt doch wat schlimmerit." Egbert der Alte, also der Vater von Eggi. Die Aufmerksamkeit wandte sich ihm geschlossen zu. Da hatte nun jeder sein schlimmstes Leiden ausgebreitet, um Mitgefühl mit Peter dem Ersten zu bekunden und nun sollte es noch schlimmere Krankheiten geben? Fragende Blicke, ungeteilte Aufmerksamkeit.

Egbert: „Meene Alte hat mir een Stock üban Schädel jeschlang, von hinten! Und denn hat se sich uff mir jestürzt und mir zu Boden jeschleudert!"

Überraschung, ja Bestürzung. Egbert der Alte lebte nun schon seit über 30 Jahren mit seiner Walburga zusammen und nun sowas?

„Wat hastn ihr anjetan?"

„Icke? Jarnüscht. Ick hab anjehalten, um mir die Brille zu putzen, weil ick nüscht mehr jesehn hab. Und denn kam se von hinten und dabei is et passiert. Dabei is se vorher den Hang janz jut runterjekomm."

Unverständnis. „Wovon sprichst dun? Erklär dir mal!"

„Na, von unsern Urlaub in Österreich. Jleich am ersten Tach, prima Schnee und wir uff die Bretta. Aba bei den Schneejestöber haick nüscht mehr jesehn. Da habick anjehalten und die Brille... Und meene Olle hat mir vielleicht och nich jesehn. Jedenfalls habick ihren Skiestock übern Kopp jekricht und denn hat sie mir stürmisch umarmt und denn hat se mir umjerissen."

Jetzt war alles klar. Gelächter. Nur bei Heinz dauerte es noch: „Denn war dit jar keen Anjriff, wa?"

Wieder Gelächter. Und Egbert: „Nee, reine Liebe. Wir sind imma noch so stürmisch."

Andreas: „D...D... Dit kann ick n...n...noch toppen. „Mir ham sich mal zwee Weiber..., also, die hab ick beede am Hals jehapt und dit war jar nich lustich. Also, dit war och meen Fehler. Ick hab die eene jehabt und denn hab ick schon ne Neue. Ick war uff den Konzert und hab mit der Neuen rumjemacht. Plötzlich steht die Alte vor mir und kiekt janz böse, reißt die Neue wech, schlingt beede Arme um mir und knutscht mir ausjiebich. Dit wollte die Neue nu aba och nich. Also ham se sich beharkt und ick stand een bisschen doof daneben. Als wenn et um een Besitztum jeht. Is die eene wieder an meen Hals so in dem Sinne: ‚Dit is meener!'. Und denn die andre uff der andern Seite, die ooch ihre Arme um meen Hals. Dabei is da jar nicht so ville Platz, krieje schon Atemnot. Und die beeden häng sich so richtich in die Seile, also an mir."

„Und? Biste zusammjebrochen?"

„Naja, dit nich. Aba ick bin se beede losjeworden. Richtich schade. Und die beeden sind heute richtich jute Freundinnen, aba da hab ick nüscht von."

Griff zu seinem Glas Bier, musste aber feststellen, dass offensichtlich alles verdunstet war. Auch die andern brauchten Nachschub. Kam von Katrin, wie immer. Die sich aber wunderte, weil es so ruhig war am Stammtisch und die Männer so plüschige Blicke hatten. Als sie weg war vom Tisch, kam das Schlusswort: Weiber! Prost!

Frei laufende Bisons

„Hä, hä, hä, ham se dir loofenjelassen?"

Es ist Max, der da so feixt. Er hatte gesehn, dass die Verkehrspolizei Peter den Ersten festgehalten hatte.

„Die ham mir nich festjehalten, die ham mir einvernommen. So heißt dit!"

„Und? Wat ham se vernomm?"

„Dit ick bei die Feuerwehr bin und schnell den Bolzenschneider holen musste. Da ham se een Oge zujedrückt, dit ick im Halteverbot jestanden habe."

Das war also geklärt. Peter war ja ehrenamtlich in der Feuerwehr und wenn dann die Polizei noch Sperenzien macht, dann solln die doch löschen! Heinz versteht nicht.

„Wat willstn mitn Bolzenscheider löschen?"

„Nee. Wir mussten een Bison aus den Drahtzaun schneiden."

Jetzt sind alle gespannt. Das war ja noch nie vorgekommen. Der Stammtisch hatte zwar damals über die Freilassung der Bisons diskutiert, aber dann war ja Ruhe gewesen. Peter gibt Aufklärung. „Seit die Tiere ausjewildert sind, jibts nur Ärjer. Mal trampeln se übern Acker, mal fressen se die neu anjepflanzten Bäume uff."

„Dit stimmt", ergänzte Egbert der Alte. „Bei us im Wald ham die die Buchen abjeschält. Scheint denen zu schmecken."

„Sind ebm Feinschmecker."

Der Satz kam wieder von Max, der sonst nicht so stichelte.

Egbert: „Kann ja sein. Aber bei uns sind die Buchen denn einjejangen. Wesste noch..." Ein Blick zu seinem Sohn und Eggi, der Junge nickt.

Heinz versteht immer noch nicht.

„Da jibst och nüscht zu vastehn. Een son Bulle hatte sich im Zaun verfangen. Den ham wa befreit."

Katrin, die Wirtsfrau, brachte neues Bier und wusste schon mehr. „Der Verein will die Bisons nich mehr. Hat jekündicht."

Jetzt wird Peter munter: „Wat denn? Wat denn? Und wer kommt für die Schäden uff, die die Viecher machen?"

Andreas. Wenn er etwas sagen will, hebt er immer erst die Hand, wie in der Schule. Dann wissen die andern Bescheid, weil es immer etwas dauert. „I... I... Is freies Wild."

Peter der Erste ist damit nicht einverstanden: „Nee, nee, nee. Dit is nich freilaufendit Wild. Dit ham die vom Verein nach Deutschland jeholt, vermehrt und denn ausjewildert."

„N... N... Na s... s... sieste! Is d... d... doch Wildzeuch."

„Wat heißt hier Wildzeuch? Wenn meen Köter ausbüchst und die Schuhe vom Nachbarn zerkaut, denn kann ick och nich sagen: Na, freilaufend, jeht mir nüscht an. Die ham die Bisons jeholt und dit is ihr Projekt. Da könn se nich plötzlich sagen: Jetzt is et freiet Wild. Dit is nich mehr unser."

Egbert der Alte gibt zu bedenken: „Ja, dit Viechzeuch macht ja doch Schäden! Da haften die doch für. Damals, bei unsern Buchen, da ham die Schadenersatz zahln müssen."

Und genau darum hat sich der Verein jetzt aus dieser seiner Finanzklemme hinausmanövriert.

Heinz: „Aber könn die dit denn?"

Max: „Jenau dit is die Frage. Die ham die vermehrt und ausjewildert. Und zwar mit Einverständnis von Umweltschutz und Bürgermeister. Dit is wie mit die Wölfe. Da haftet och keener."

Peter: „Moment! Wieso haftet da keener? Also bei die Wölfe war dit anders. Die sind von alleene jekomm. Und wenn die Schafe reißen, denn zahlt dit Land. Aba hier hat der Verein alle Verantwortung."

Heinz, der immer mehr Zeit braucht: „Versteh ick nich, wa."

Peter: „Pass ma uff! Ick hab vor 10 Jahrn den schön'n OPEL jekoft. Könnta euch noch erinnern?"

Das wissen doch alle. Und wie er Mareen damit beeindruckt hat, jedenfalls saßen die beiden öfter im Auto. „Aba denn war die Kiste alt, war zu Ende mit ihr. Da hätt ick se ja bei dir uff die Wiese abstelln könn."

Heinz: „Wieso bei mir?"

„Is doch ejal. Oder irjend woanders. Einfach am Straßenrand. Aba da kommt denn dit Ordnungsamt und klebt ne Marke ruff."

Heinz: „Wat denn für ne Marke?"

„Na, wenn dit Wrack nich bis zum Soundsovielten verschwindet, denn wird et abjescheppt und verschrottet."

Heinz, richtig erfreut: „Na, dit is doch jut, wa?"

„Ja. Aba denn kriechste ne saftije Rechnung. Is dit och noch jut?"

Heinz, nicht mehr erfreut: „Nee…" Und nach einigem Nachdenken: „Und nu kriejen die Bisons so ne Marke anjeklebt?"

„Quatsch! Ick will ja nur sagen: Wenn de wat anschaffst, biste och für die Entsorjung zuständich."

Max, böse: „Ick hab mir mal ne Frau anjeschafft. Jilt dit da och?"

„Man, hör doch ma uff. Hier jehts um die Bisons."

Egbert: „Dit heißt: Der Verein kann sich janich aus die Verantwortung für die Viecher rauswinden, wa?"

„Nee, kanna nich."

Da nicken Max, Eggi und Andreas. Das war also rechtssicher geklärt. Und so konnte man sich auf das neue Bier konzentrieren. **Prost!**

Flüchtlinge ohne Punkte

Heute war es erstaunlich leer in der Kneipe, obwohl Freitag war. Aber das störte unseren Stammtisch nicht. Obwohl, auch hier war die Stimmung, naja, nicht gedrückt, nur ruhig. Man saß und kippte sein Bier. Feierabendbier, Freitagsbier. Heinz hob sein Glas, höher, als es zum Trinken nötig war, schaute durch die goldgelbe Flüssigkeit und sagte: „Wir hams doch jut, wa?"

Max nickte. „Insbesondere, wenn ick an die Ukraine denke."

Eggi: „Mensch, ick hab mau ffn Finger jehaun! Dit is och schlimm."

Heinz ging locker darüber hinweg. Er wollte heute etwas diskutieren, deshalb kam jetzt der zweite Satz nach ‚Wir hams doch jut, wa?' und der lautete: „Aba nich mehr lange."

Eggi, der seinen verbundenen Finger in die Höhe streckte: „Noch schlimma?"

Heinz: „Et komm wieda mehr Flüchtlinge. Vielleicht wird et wieda wie 2015."

Egbert der Alte mit seiner gequetschten Stimme: „Ach, du machst hier wieda uff Wehrkraftzersetzung! Is doch bald allet richtich zu. Die Türken könn' keene schicken, wenn se unsa Jeld ham wolln. Die Bulgaren und die Polen baun richtje Jrenzzäune. Im Mittelmeer patrouillieren die, die Front-Schiffe..."

Eggi: „Ick globe, dit heißt Frontex."

Sein Vater: „Sag ick doch."

Egbert der Junge ließ sich nicht beirren. „Dit is ja dit Schlimme. Die Jrünen sajen: Wir sind krass. Wir wolln Menschen davon abhalten nach Europa zu komm'. Dit könn' wir nich so lassen."

Heinz, der zwar das Thema allen eingebrockt hatte, aber immer ein bisschen begriffsstutzig war: „Wat wolln se denn machen?"

Andreas meldet sich, aber fängt schon an, weil es schnell gehen soll: „D... D... Die Mauer m... m... muss weg!"

Max, ein bisschen böse: „Der Reagan hat aba nich jestottert." Aber dann versöhnlich: „Aba du hast schon Recht. Erst warn wa jejen die Mauer und alle Jrenzzäune und nu wolln wa wieder welche."

„Ja, ick wees nich, wat die Jrünen sich denken. Wir könn' doch nich alle aus aller Welt uffnehm."

Eggi weiß zwar von seiner Arbeit, dass sie gern Facharbeiter einstellen würden, aber sich keine melden. „Die Rejierung hat doch son Einwanderungsjesetz jemacht, so wie die, wie die Australier oder die in Kanada. Mit Punkte. Und wenn de jenuch Punkte hast, kannste komm'."

Max schüttelt seinen Kopf: „Aba die 350.000, die da jekommn sind, sind ohne Punkte jekomm."

„Woher weesten die Zahl?"

„Stand inner Zeitung. Seit Januar 21 ne Drittel Million. Und dit wern noch mehr."

Der Alte: „Ja, wenn die Jrünen die Jrenze uffmachen... Die solln sich ma verpflichten, in ihrer Wohnung immer drei, vier Flüchtlinge uffzunehm. Ma sehn, ob die denn imma noch so freizüjich sind."

Max, schon wieder etwas böse: „Aba dit is doch viel leichter, von andere wat zu fordern, als et selbst zu machen." Und dann mit Nachdruck: „Also, Einwanderung mit Punktesystem ist jut, aba illejale Einwanderung nich. Wenn sich dit wieda rumspricht..." Dann kommt ihm eine Idee. „Wenn sich die Baerbock mit son Einwanderer fotografieren lässt, wie damals die Merkel, dit ist doch wie ne Einladung. Wir wolln mal die aus de Ukraine helfen, da ham wa jenuch zu tun. Ham keene Wohnung für unsere Leute, baun nich jenuch, aba Flüchtlingsunterkünfte für Abzuschiebende müssen tiptop sein, sonst is et unmenschlich."

„Also doch'n Zaun? Aba wenn de'n Zaun hast, musste och uffpassen, dit keener rüberklettert."

Andreas: „D... D... Die h... h... ham schon een a... anjeschossen."

Max: „Na, denkste, wir wärn nich üba die Mauer jekomm'n, wenn die nich jeschossen hättn? So jut könn' doch alle klettern."

Heinz, der wieder nicht so schnell mitkommt: „Aba wir brauchen doch nich mehr Klettern, die Mauer is doch wech."

Max, sarkastisch: „Ach wat? Die Mauer is wech? Da könn wa ja in Westen!" Dann wieder ruhig: „Mensch, Heinz, et jibt imma welche, die ne Mauer wolln und welche, die keene wolln."

Heinz, der in Erinnerungen schwelgt, wie sie damals ihm auf seinen TRABANT geklopft haben vor Freude: „Nee, ick will keene. Jedenfalls nich in Deutschland."

„Oha!"

Das galt als Einverständnis. Oder als Unvermögen einer klaren Ansage. Trotzdem ein Bier! Prost!

Geschenkte Noten

Max kommt rein, tippt sich an sein Basecap und hebt einen Finger in Richtung Katrin. Die beginnt sofort zu zapfen. Max kommt an den Stammtisch, stoppt. „Wat hast'n du da?"

„Kenn… kenn… kennste nich, wa? Is ne Zei… Zeitung."

Max, mit gespielter Empörung: „Andreas! Und sowat lieste?! Dies de dir nich schämst."

Andreas muss sich nicht melden, sie sind nur zu zweit: „Ick ha… ha… hab mir jewundert, dit meen, dit meen Sohn so jute Z… Z… Zensuren hat dies Jahr."

„Man, dit ist doch zu erwarten. Der kommt doch nach dir." Das ist eine kleine Provokation, weil Sabine das Kind mit in die Gemeinschaft gebracht hatte. Aber Andreas lässt sich nicht beirren: „Die kr… kriegen jetzt alle b… b… bessere Zensuren."

Max kann sich nicht wundern, sein Bier ist gekommen. Dankbares Nicken. Erster Schluck. „Herrlich."

„Tach, Jungs!" Peter der Erste ist reingekommen. Stutzt, weil er eine Zeitung auf dem Tisch liegen sieht. „Wat is denn hier los? Zeitungsschau? Wollta wieda mit politische Bildung anfang'n?"

„Ne, Andy wundert sich über sein Sohn, wejen seine juten Zensuren."

„Na, da kann er ja Millionär wern. Will sagen: Ihm stehn nu alle Weje offen. Läste ihn uff Bänker studiern, Investmentbanker, und denn habta ausjesorcht."

Andreas schüttelt seinen Kopf, tippt mit dem Finger auf die Zeitung. „Die senken die N…, die N…, die Noten, dit bleiben sonst zu ville sitzen."

Max, der gern um die Ecke denkt, findet das zielführend. „Überlech doch mal! Erst ham se zu ville Studenten. Die ham jar keen Platz in die Uni. Und nu kriejen wa wieder einfache Arbeiter. Eh, Handwerker, so löst man Probleme."

Peter schüttelt den Kopf: „Dit kannste aba verjessen. Die sind so blöd. Dit is ja noch janz lustich, wenn de die nach Jewichte für die Wasserwaage schicken kannst. Aber die sind zu blöd, een Eimer Wasser umzukippen." Sein Bier kommt, aber er muss noch zu Ende reden. „Wir brauchen ja wirklich jeden in die Feuerwehr, aber kannste verjessen. Die holn noch n Kanister Benzin, wenn se löschen solln!" Jetzt ist das Bier dran. Dann muss Peter aber noch einen Beitrag liefern: „Wenn de lauter Einwanderer und Flüchtlinge in die Klasse hast und die könn'n nich Deutsch, wie willst da unterrichten?!"

Andreas hebt seinen Finger, jetzt muss er aber auch mal zu Wort kommen. Alle blicken geduldig auf ihn. „Denn m… muss et, muss et Vorbereitungsklassen jeben. Und in Kinderjarten m… mmmuss et mehr Bildung jeben. Und mehr Se… Sesamstraße."

Das versteht nun keiner. „Die Se… die Se… Sesamstraße ist für Bildung jemacht worn."

Max tut entsetzt: „Wat, Bildung kann lustich sein?! Wat ham denn die Fernsehsender für'n Bildungsufftrach? Die senden doch haufenweise Krimis. Solln wa alle Kriminale wern?"

Peter: „Dit heißt: Kriminelle. Een Kriminaler ist eener von der Kripo."

Max: „Is doch ejal; arbeeten doch beede an derselben Sache. Aber ick denke, dit is allet verkorkst. Wenn ick höre, wieviel Chinesen jedet Jahr als Ingenieure ausjebildet wern! So vielle ham wa in janz Deutschland nich, insjesamt nich. Da sieste doch, wer uns die Autos bauen wird. Und die Brücken…"

„Und die Com… Com… Computer."

Peter, sehr gelassen: „Is mir doch ejal, wer die baut." Kunstpause. „Könnte man denken. Aba unsere Kinder solln unsere Rente später erwirtschaften. Wenn di denn bloß noch Schrauber sind und die Chinesen bestimm'n…"

Andreas stimmt eifrig nickend zu. Er tippt auf seine Zeitung. „St… steht doch hier: Nach vier Jahrn Grundsch… Grundsch…"

Hilfe: „Grundschule."

„Grundschule könn'n viele nich lesen und schreiben und rechnen."

Plötzlich lacht Heinz hell auf. „Da sollte der Stift für'n Carport mit drei Wände den Holzbedarf ausrechnen. Hatta dit Papier liejen jelassen und is mit'm Zollstock…"

Peter: „Metermaß. Zoll ham wa seit 1793 nich mehr."

Heinz: „Erzähl doch nich. Wir kloppen hauptsächlich 8-Zöller in unsere Hölzer. Wenn de die bei die Bestellung mit Millimeter kommst, kieken die blöd."

Diese Korrektur steckt Peter weg. Weil ihm auch noch einfällt, dass alle Gewinde in Zoll gemessen werden. Er schaut Andreas an: „Wie schlimm et steht, davon reden die doch schon zwanzich Jahre. Und wat wolln se tun?" Dann konzentriert er sich auf sein Bier, weil es wohl jetzt etwas dauern wird. Und kommt nicht zum Trinken…

Andreas, zornig, redet ohne zu stocken: „Die ham Beispielsch… schulen besucht. Die üben. Da jibts nich son Zauber mit didaktischem Material, mit offenem Unterricht, mit Projekten und Freiarbeit und Jleichberechtijung. Der Lehrer als Coach und son Quatsch."

Alle schauen erstaunt auf Andy. Und der ist auch gar nicht zu bremsen.

„Wenn ick mein Sohn frage, wat sie heut jelernt ham, weeß er keene Antwort. Aber der Lehrer muss doch klarmachen, wat die lernen sollen. Und denn muss dit jeübt werden, immer wieder jeübt werden. Wenn de nich lesen kannst, kannst doch allet Weitere verjessen."

Einwand von Heinz: „Denn brauchste aba och Zeit zum Üben."

Andreas: „Die machen jeden Tach ne halbe Stunde Lesen üben. In alle Klassen von die Schule."

Peter hebt sein Bierglas: „Jabs da nich son Sprichwort? Übung..." Macht eine Pause.

Und alle heben ihre Gläser und dann dröhnt es: „Übung macht den Meister."

Prost!

Darmwinde

Montag, die Runde hatte schon die Fußballspiele durchgesprochen und einige Verdammungsurteile über Spieler, insbesondere aber über Trainer gesprochen. Über Arbeit gabs noch nichts zu sprechen, die Woche hatte ja erst angefangen und man wollte es nicht übertreiben. Eine gewisse Nachdenklichkeit hatte sich ausgebreitet.
„Na, ihr kieckt so?" Egbert der Junge blickte herausfordernd in die Runde. „Ick war in dit neue Bürogebäude."
Diese Information machte den Abend nicht munter.
„Ja, weil ihr nich wisst, wat ick da im Fahrstuhl erlebt hab."
Jetzt war doch ein gewisses Interesse geweckt. Max dachte an ein frivoles Abenteuer.
„Quatsch. Da hat ener een fahren jelassen. Een Alter, man! Im nächsten Stockwerk Evakuierung. Der Alte is einfach weiterjefahren."

Andreas: „War ja sein Furz."

Heinz: „Na, stinken tut mir dit trotzdem. Aber son Koffer im Fahrstuhl abzusetzen is jemein, dit jehört verboten."

Egbert schob seine Kappe nach hinten: „Dit is et ja ooch. Oder kannste bei ner Dienstberatung einfach son Ding absetzen?!"

Egbert der Alte konnte einen Beitrag leisten. „Ick war bei ner Weihnachtsfeier. Allet janz still, weil der Chef spricht. Und bei mir innen een Stau. Ick hab kerzenjerade gesessen und die Backen zusammenjekniffen. Aber der Druck war jroß. Ick mit alle Macht zujeklemmt. Und denn kommt doch een Ton, ein janz langsamer, een hoher Ton. Nich son kurzer Kracher, dit man sich umdrehn kann und so tun, als wenn dit eener hinter eenem war. Der war schön langsam, weil ick mir nicht jetraut habe, nachzulassen. Der Chef hält an, weil er nicht weeß, wat dit is. Aber ich loofe rot an wie ne Ampel. Alle kieken zu mir. Ick bin denn rausjejangen, nach Hause."

Max: „Keene Weihnachtsjeschenke? Keen Weihnachtsessen?"

Egbert: „Na, dit war mir allet verjangen."

Sein Sohn: „Aber warum eijentlich? Is doch een janz natürlicher Vorjang."

Andreas: „Aber wat wär'n dit, wenn alle furzen würden?"

Egbert: „Machen se doch. Lassen se bloß nich hörn. Kriegste als Kind einjebleut: Dit macht man nich. Aber eh de jelernt hast, dit zu verkneifen..."

Max: „Dit Essen kannste in Jemeinschaft machen, aber dit Ende vom Essen lieber nich. Wobei: wenn meene Tochter mit offnem Mund isst, dit find ick ooch nich schön, wie di so schmatzt."

Egbert: „Ja, aber da kannste dit Maul zu machen."

Heinz: „Also, wenn de die Hunde siehst, wie die uffm Rasen ihr Jeschäft machen, dit kümmert die nich, wenn eener zukieckt."

Max: „In Jejenteil. Die andern Hunde schnüffeln erst mal, wat der zu Hause zu Fressen kriecht."

Egbert der Alte: „Na, danke. Ick habe keene Lust, bei euch zu schnüffeln."

Sein Junge: „Weil die Rinder so viel Methan ausstoßen und dit so klimaschädlich is, forschen die jetzt, dit die weniger pupsen."

Max: „Na, nich nur beim Pupsen. Dit kommt bei die ooch ausm Maul."

Der junge Egbert, eifernd: „Ja, so riechts bei eenem Kollegen bei mir ooch. Dit is doch krank. Du kannst dir nich mit dem unterhalten, außer wenna drei Meter Abstand hält."

Immer noch Max, nach einer kurzen Pause, hält sein Bierglas hoch, frisch gezapft: „Na, kieckt ma!" Wieder Pause und als keine Reaktion kommt: „Na, wat sacht ihr?"

Egbert der Alte: „Wieso hastn du'n frischet Bier? Kriegick jleich Durst."

Max: „Sieste, dit meine ick. Wenn eener een frischet Bier trinkt, da läuft dir gleich der Speichel. Aber wenn, also, ick denk mal an meene Armeezeit, wenn de da neben die andern uffm Donnerbalken jesessen hast, da is dir aber och allet verjanjen."

Noch einmal der junge Egbert: „Also, ick sach ma so: Beim Essen ist die Belastung der andern nur jeringfügig. Aber uffm Klo, da hilft ja manchmal nicht mal son Duftspray. Und solange die Forscher dit noch nicht jeklärt habm, solange musste dir dit verdrücken."

Der Alte: „Jut, meen Junge. Dit haste jut jesacht. Et is zwar janz natürlich, aber natürlich nich in Jemeinschaft."

Max: „Na, dit wär ja wat, wenn alle in Konzert hier furzen!"

Katrin steht plötzlich am Tisch, mit neuen Gläsern: „Ja, wat habt ihr denn fürn Jesprächsthema?!"

„Mensch, Katrin, dit war ne medizinische Diskussion. Wat du wieder denkst. Wir sind doch anständige Leute. Dit weeste doch."

Katrin nickt. Dreht sich um, sagt aber noch: „Na, bis jetz schon…"

Jogginghosen

Irgendwie war heute der Wurm im Stammtisch. Die Stimmung trüb. Wie das Wetter. Das Bier schmeckte heute auch nicht richtig. War zwar das übliche Pils, musste also an den Geschmacksnerven liegen. Die waren noch vom Sonntag beleidigt. Wegen der katastrophalen Niederlage von Hertha. Die Jungs saßen also da und stierten in ihre Gläser.

Da fiel Egbert etwas ein. Er haute auf den Tisch, dass die Gläser sprangen. Alle blickten erschrocken auf.

„Heute hab ick meen Sohn eene jeschallert." Wortlose Fragen. „Ick steh noch in die Küche und denn kommt meen Sohn. Will zur Schule. Ick denke, ick seh ich richtich. Mit Jogginghosen!"

Aus den Gesichtern verständnislose Blicke.

„Man! So sitz ick abends vorm Fernseher. Damit jeh ick doch nicht raus."

Heinz, wie immer etwas begriffsstutzig: „Versteh ick nich. Wat haste denn jejen Jogginghosen, wa?"

Eggi: „Na man, dit hat doch wat mit Kultur zu tun. Kommst du vielleicht im Schlafanzug hier in die Kneipe?!"

Heinz: „Nee, ick hajar keen Schlafanzug. Ich hab'n Nachthemd."

Sollte das lustig sein? Andreas meldet sich zu Wort: „Ick b...b...bin och schon m...m...mal mit Jogginghosen in die K... K...Kaufhalle jejangen."

Eggi: „Nee, dit jehört sich nich. Dit hat wat mit deine Würde zu tun. Mit sone Schlabberdinger kannste doch nich in die Öffentlichkeit. In der Schule ham se sone Hosen jetzt och verboten. Find ick janz richtich."

Heinz: „Echt jetzt? Dit is ja wie zu Ostzeiten, wa."

Gekrauste Stirnen.

„Na, wie de nich mit Jeans in die Schule durftest. Dit verriet ja, dit de uff de falschen idologischen Position warst."

Eggi: „Na, dit war wat anderet. Hier jeht et um Würde. Wenn de mit solchen Schlabberhosen in Unterricht erscheinst, denn denken doch alle, du kommst zum Chillen."

Egbert der Alte, der bisher nur zugehört hatte: „Zum wat?"

Sein Sohn klärte ihn auf: „Zum Ausruhn, zum Abhängn."

Max hatte die Zeit zum Nachdenken benutzt. „Sach ma: du trägst doch imma deine Kappe. Biste damit zur Schule jejangen? Jehste damit in den Supermarkt?"

Eggi: „Nee. Ja. Also, in der Schule durften wa keen Basecap tragen. Find ick och richtich. Unser Direx hat bei uns Deutsch jemacht. Der war Doktor. Wenn de vor den jestanden hättst mit'm Basecap, nee, dit wär nich richtig."

Max ließ nicht locker. „Aber hier, inner Kneipe, da is dit richtig? Mensch, haste denn nich Knigge jelesen, dit de in jeschlossene Räume deine Kopfbedeckung abzunehmen hast?"

Eggi: „Wat solln dit jetzt? Stört dir meen Basecap?!"

„Nee, aber ick will dir nur sagen, dass sich die Zeiten ändern. Und die Mode. Und wenn die bei H&M sone Schlabbersachen verkofen, denn is dit Mode."

In die Kerbe haut jetzt auch Egbert der Alte: „Als ick noch jung war, hab ick mir über meen Vater jewundert. Dit der immer mit'm Anzug war, och zu Hause. Aber der Anzug war janz alt. So riesije Beene. Ick hab meene Hosen uff die Nähmaschine enger jenäht, weil alle in unserer Klasse enge Hosen trugen. Und weeste, Eggi", wendet er sich an seinen Sohn, „ick hab dir nie rinjeredt, wat du so trägst."

Das stimmte. Deshalb wurmte ihn auch die anschließende Frage von seinem Vater: „Wat machsten soon Ufstand wejen de Hosen? Mensch, lass ihn doch. Hauptsache er lernt. Oder globste, wenn der sone Hosen trägt, denn hört der uff zu lernen?!"

Natürlich nicht. Aber was sollte er denn jetzt noch sagen. Also etwas kleinlaut: „Ick finde, dit hat wat mit Würde zu tun…"

Max gibt die Wende: „Dit mit Würde is richtig. Würdest du mit mir jetz anstoßen?"

Da konnte man ja bloß noch sein Glas Bier heben. Die Gläser klangen in der Mitte des Tischs zusammen. Prost!

Russen

Heute ging es hoch her am Stammtisch. Es war ein Streit ausgebrochen über die Ukraine. Genauer: über den russischen Krieg gegen die Ukraine. Dass der eine Schweinerei sei, darüber waren sich noch alle einig. Aber ob man mit immer mehr und immer besseren Waffen das riesige Russland in die Knie zwingen könnte, schon darüber war man sich nicht mehr einig.

Eggi, schon ziemlich scharf zu seinem Vater: „Wieso sacht du ‚In die Kniee‘? Darum jehts doch jarnich. Die solln bloß aus der Ukraine wieder verschwinden. Denn is Frieden."

Egbert der Alte: „Und du jlobst, dit sich die Russen zu enem Rückzuch zwingen lassen?! Dit kannste verjessen."

Heinz erinnert sich: „Aber damals, in Afghanistan, da sind di och wieder abjezogen. 10 Jahre warn die da, wa."

Andreas kann das bestätigen, weil er eine Dokumentation gesehen hat: „Und die… die… die hatten bloss… bloss 3.000 Tote. Und wie ville ham, ham die j…j…jetzt?!"

Egbert: „Und nu wollta och 10 Jahre jejen die kämpfen?"

Eggi, wütend: „Man, Vadder, wir wolln och, dit Frieden is. Wenn wa dit Jeld, wat uns die Unterstützung kostet, für unsere Schulen ausjeben könnten…"

Andreas, der sich bei diesem Thema nicht bremsen lässt: „Oder bei d… d… die Di… Di… Digitalisierung!"

Egbert gibt nicht auf: „Na und? Wat wollta nu machen? 10 Jahre wollta nich kämpfen, Frieden wollta, aber Waffen solln jeliefert werden. So wird doch dit keen Frieden. Man muss doch verhandeln."

Heinz schüttelt seinen Kopf. „Aber zum Verhandeln jehörn doch zwee! Wat willste denn mit Russland verhandeln, wenn die jarnich wolln?!"

Egbert: „Woher weeste dit denn? Wenn de die sachst: Jut, die Krim, da ham die Leute abjestimmt, die wolln bei Russland bleibm. Außerdem hat die Krim immer schon zu Russland je…"

Andreas, wenn er erregt ist, hat er weniger mit seinen Sprachproblemen zu tun: „Nee, nee, nee! Von wejen ‚schon im… immer‘. Dit hat mal zum Osmanischen Reich jehört."

Egbert ist erstens unterbrochen worden und zweitens weiß er nichts vom Osmanischen Reich. Also Andreas mit kleiner Nachhilfe: „Na, die Türken. Die Krim je… jehörte die Türken. Und irjend eene Z…Z…Zarin, ick jlobe, dit war sojar ne Deutsche, die hat die Türken von die Krim verdrängt und den schönen

Flecken dem russischen Reich einjemeindet."

Der Alte winkt ab: „Ick kann ja nich bis in die Urzeit allet klärn. Also die Krim bleibt bei die Russen. Und in Donbas, da sind sowieso ville Russen und och die andern sind für Russland. Also, wenn de die Russen sachst: Dit ist euer und der Rest bleibt aber Ukraine, denn haste deinen Frieden! So!" Nimmt sein Glas Bier und lässt alles in seinen Schlund laufen. Das kann der nämlich gut, der braucht gar nicht zu schlucken. Da hatten die andern sich damals gewundert und protestiert, weil doch der ganze Geschmack gar nicht zur Geltung kommt. ‚Ach wat, hatte der damals abgewinkt, Hauptsache et dreht'.

Die Pause hat Heinz, bei dem alles ein bisschen länger dauert, zum Nachdenken gebraucht. „Also, ick erzähl euch mal wat. Von meen Nachbar habta ja schon öfters wat jehört. Wie der so komisch is. Nich jrüsst und so. Pakete nich annimmt. Ick muss denn bis zum Blumenladen, wo dit Paket abjejeben is. Oder wie wa bei dem Verkehrsstreik die Kinder abwechselnd zu Schule jefahrn ham. Der hat seine feine Tochter immer von die andern zur Schule bringen jelassen, aber ist nie selba mal jefahrn…"

Eggi, noch immer wütend: „Heinz, dit wissen wa allet. Komm mal zum Punkt!"

Heinz: „Der Punkt is, dit der allet für sich will. Aber wenn von unsere Bäume dit Laub uff sein Jrundstück fällt, denn krakelt er rum. Und dit die Wurzeln seine Jewegplatten heben. Und denn hab ick ihn erwischt, wie er mit die Säje uff seine Leiter steht und alle Äste von unserm Baum absägt. Hab ick jesacht: Lass dit mal sein! Aber er hört nich uff. Bin ick uff sein Jrundstück und hab an seine Leiter jerüttelt. Da issa runterjekommen und hat mir eens uff die Fresse jehaun. So, Egbert, nu sach mir mal, wie da Frieden sein soll?!"

Egbert ist nicht in der Bredoullie. „Da jehste zum Anwalt und denn jibt et eine schöne Klage wegen Körperverletzung, Sachbeschädigung und Hausfriedensbruch."

„Na, toll!" Eggi ist wütend. „Da jeht die Ukraine zur UNO und verklagt die Russen. Denn jibt et eene Resolution oder wie dit heißt und denn enthält sich China der Zustimmung und Russland legt sein Veto ein. Und wat is denn? Jar nüscht is denn!!"

Jetzt ist Egbert der Alte aber auch sauer: „Ach, und wat machts **du**? Du haust ihm och uff die Fresse?"

„Ja sollste denn in Keller jehn und heulen?! So lange et keene Polizei für Konflikte zwischen die Staaten jibt, solange brauchste Waffen, bis der andre bejreift, dit er nich jewinnen kann. Denn kanste verhandeln."

Andreas, heute ganz großartig: „Die UNO hat doch Blauhelme."

Eggi: „Ja, aber dazu müssen och beede Seiten einverstanden sein. Und wenn nich? Wat machste denn? Also, Heinz, haste zurückjeschlagen? Ick jedenfalls hätt mir dit nich jefallen lassen."

„Klar habick zurückjeschlagen. Seitdem trinken wa ab und an een Bier zusammen."

Die Männer sind etwas überrascht. Aber das Stichwort ,Bier' animiert und sie heben ihre Gläser. Und Heinz bestellt eine Runde Klaren und schiebt dann erst ein Glas zu Egbert und dann zu dessen Sohn. Hebt sein eigenes Glas und sagt: Prost! Da müssen die beiden auch ,Prost' sagen...

Sozialismusinseln

Mitten in der Woche. Der Stammtisch ist nur mit zwei Personen besetzt, aber die andern werden schon noch kommen. Max nimmt einen kräftigen Schluck und stellt sein fast leeres Bierglas mit Nachdruck auf den Tisch. „Also, ick sach dir: Et jibt noch richtije Inseln des Sozalismus."

Heinz, der nicht zu den großen Erzählern und Entertainern der Runde zählt, blickt auf. Er kann auch einfach so dasitzen, dasitzen und in sein Glas stieren. Aber wenn Geschichten erzählt werden, ist es schöner. "Wat meensten?"

"Na, Kollektive, die noch arbeiten, als wenn wa nich den Rückwärtssalto zum Kaptalismus jemacht hätten."

"Man, drückt dir nich so jewunden aus. Du bist hier nich in die Hochschule, wa! Wat is los?"

"Janz einfach: Wir ham Ostern Urlaub jemacht. In Rheinsberg. Da wohnt eene Tante von meener Frau. Außerdem wollte die mal wieder een Schloss seh. Denn fühlt se sich besser. Obwohl se immer sacht: Zu Hause is et am Schönsten."

"Kannste zur Sache komm'n?"

"Am Sonntag kam die Sonne raus und och meene Spendierlaune. Da hab ick die beeden Fraun inne Eisdiele einjeladen. Die solln een jutes Eis ham, sacht die Tante. Die heeßen och so: Eis-Zauberei, inner Tucholsky Strasse. Wir setzen uns an eenen der vielen freien Tische, studiern die Eiskarte. Jaap och wat mit Alkohol drüber. Ich war ja nicht mit Auto."

"Und denn habta bestellt und wat is denn passiert?"

"Nee, nich so schnell, man! Zum Bestellen sind wa janich jekommen. Drei junge Määchen lungern hinterm Tresen, een junger Mann erzählt Jeschichten. Als der Stoff nach fünf Minuten ausjeht, kieken sie so im Lokal herum. Ach, is dit langweilig, ham se wohl jedacht. Denn sie sind mir fast einjeschlafen. Och anjereget Winken von mir hat se nich jeweckt."

Heinz, der offensichtlich umfassende Erfahrungen hat: "Ick globe, dit war'n Laden mit Selbstbedienung, wa."

Max, anerkennend: „Du bist een richtich kluget Kerlchen. Ich hab mir umjesehn: nüscht. Denn dacht ick: Et kann ja ooch mal eener kommen. Aber denn ham sich die andern Jäste um uns jekümmert."

"Wat?! Ham die euch Eis jebracht?"

"Quatsch, die ham jesacht: Man muss zum Tresen."

"Na, dit war doch jut."

"Von die Jäste: ja, aber nicht von die Bedienung. Wenn die nüscht zu tun ham, denn könn die doch ihrn Hintern mal in Richtung Jäste bewegen!"

"Du, dit warn vielleicht Aushilfskräfte. Und der Chef hat jesacht: Hier is Selbstbedienung."

"Dit mag ja sein. Aber ick dachte, die wissen alle, dit im Kapitalismus nur Jeld verdient, wer dafür arbeitet."

Heinz, aus seinem umfangreichen Erfahrungsschatz eine weitere Lebensweisheit hervorkramend: "Naja, et jeht ooch anders, wa."

"Man, kommt mir jetz nicht mit die Mafia oder mit die Politiker. So im normalen Leben. Wenn de'n Lokal hast, lebste von die Jäste. Ich hab die denn verblüfft. Wir ham uns wieder anjezogen und beim Rausjehn hab ich jefracht, wat die hier eigentlich verkoofen. Ham se mir verständnislos anjesehn. Eene hatte offensichtlich Hochschulbildung und sachte: Steht draußen dran: Eis! „Nee, hab ich jesacht: Jastlichkeit. Eis krieg ick nämlich in die Kaufhalle viel billiger. Hat se doof jekieckt."

"Na, du bist aber ooch anspruchsvoll."

"Na, kieck ma: Wenn meen Glas noch nich janz leer is, kommt die Katrin und serviert schon een vollet. Die verdient nämlich ihr Geld mit den Verkoof von Bier. Und letztens hat se sojar ihren Arm um mir jeleecht und jefracht, wat los is: Ick kieke ja so bedrippt."

"Na, die Katrin kümmert sich eben um ihre Jäste."

Max, bedeutungsvoll: "Siehste: Dit mein ick. Wir hängn ja nicht mehr von die eene Eisdiele ab. Et jibt nämlich Konkurrenz. Und die in die Eis-Zauberei denken immer noch, irjend jemand zaubert dit Jeld herbei, dit se als Bezahlung ham wolln. Aber im Kaptalismus wird nich jezaubert. Da musste dir bewejen."

"Und da meinste: dit is noch sone Insel des Sozalismus? Aber daran is der doch zujrunde jejangen, dit wir all son ruhjen Job jeschoben ham."

"Ja, war ja jut jemeint. Aber wenn de die Leute nich für sich selbst arbeiten lässt, denn wern die meisten janz schön faul. Dabei hatte der Jenosse Lenin doch jesacht: Die höhere Produktivität entscheidet allet!"

"Hat se ja och. Da ham se immer vom sterbenden Kapialismus erzählt, aber dot ist der Sozialismus."

"Darauf einen Dujardin!" Hob sein Glas und beide waren einverstanden. Prost!

Heimwege unter Hochspannung

„Hier!" Eggi war reingekommen, hatte nicht Guten Tag gesagt, sondern eine Zeitung auf den Tisch geknallt. „Habta dit jehört?!"

Der Stammtisch beugte sich über die Zeitung. Irgendetwas von verkorkster Wahl in Berlin war der Aufmacher.

„Nee, hinten." Blätterte eifrig, so eifrig, dass die Seiten einrissen. Dann knallte er seine Hand auf die Seite mit einem Artikel. >>Bahn-Surfer als Wegeunfall anerkannt<<.

Heinz, bei dem alles etwas langsamer ging, brauchte eine Kurzfassung.

„Man, da sind een paar Schüler von de Schule jekommen, an die Gleise uff eene Lok jeklettert. Wenn die jefahren wäre, denn nennt man dit Bahn-Surfen. Aber die stand, aber unter Strom. Fuffzehntausend Volt. Und der Lichtbogen hat den Knaben in Brand jesteckt."

Max, der ja Elektriker ist, nickte bedeutungsschwer. „Da bleibt bloß noch een Häufchen Asche."

Eggi: „Nee, der hatte Jlück. Kam jleich int Krankenhaus Marzahn und is jerettet worn."

Heinz blickt zu Eggi auf, der immer noch am Tisch stand, sich nicht setzte, kein Bier bestellte, Heinz sagte: „Na, denn hata ja noch mal Jlück jehabt."

Eggi, wütend: „Nich nur Jlück, och noch Jeld."

„Wat für Jeld?"

„Die Eltern ham bei die Unfallkasse dit als Wegeunfall anjezeicht und wollten, dit die ville Kosten ausm Krankenhaus von uns bezahlt werdn."

Heinz kam nicht mit, wieso sollten sie jetzt die Kosten für das Krankenhaus bezahlen?

„Na, weil wir alle mit unsre Krankenkassenbeiträge allet bezahln! Der Piepel macht een uff Mut und klettert uff die Lok und kricht eene jewischt und die Scheißeltern wolln dit nicht bezahln."

Max hatte inzwischen den Artikel weitergelesen und konnte abwiegeln. „Nee, die Unfallkasse Brandenburg hat dit abjelehnt. Also, dit zahln wa nich."

„Ja, du musst mal weiterlesen. Denn ham die dajejen jeklagt und nach 8 Jahre hat dit Bundessozialgericht" - er sprach das Wort mit so viel Abscheu aus, als wollte er sagen ‚Bundesasozialgericht' – „denn hat dit Jericht entschieden, dit dit een Heimweh war, der nich unterbrochen jewesen sei, weil et sich,… Warte mal." Griff nach der Zeitung und zitierte: „Weil et sich um een schüler-gruppendynamischen Prozess jehandelt habe. Und jetzt müssen wa doch be-zahln."

Richtete sich auf, ging um den Tisch und nahm endlich auf seinem Platz platz. Es herrschte Ruhe. Nach einer Weile sagte Egbert der Alte: „Denn hätte ja Wal-burga och een Arbeitsunfall jehabt." Walburga war der altertümliche Name seiner Frau und der Mutter von Eggi, aber alle hatten sich längst daran ge-wöhnt. „Die is damals, während die Arbeit, zum Friseur jejangen. Und dabei is se jestolpert und hat den Knöchel jebrochen. Denn war doch dit och een dy-namischer Prozess. Die is denn nämlich hinjeflojen und och noch in die Hun-descheiße. Dit is doch jenuch Dynamik, oder?"

Andreas, ungewöhnlich munter: „Dit… dit kannste den Ha… Ha… Hallervorden erzähln, der m… m… macht wat Lustijes draus."

„Ach", sagte Max, „Knöchel und Hundescheiße – dit is mir nich jenuch Dyna-mik. Ihr kennt doch meene Tante Brigitte…"

Die Runde, wie aus einem Mund: „Brigitte, die Dicke!"

„Jenau, Brijitte ihr Mann war doch Vertreter. Der is uff letzte Dienstfahrt nach Aurich, werdta nich kenn, is janz weit im Westen am Arsch, is wie Guben, nur doppelt so ville Einwohner und viermal so ville Jeld. Denn hatta da seine Land-maschinen verkooft und is jestorben."

Max machte eine Pause. Alles blickte gespannt auf ihn und was nun wohl kom-men würde. „Na, die Brijitte musste den uff eijene Kosten nach Hause bringen lassen, um ihn hier im Krematorium und so weiter." Er blickte in verständnis-lose Gesichter. „Vastehta nich? Nach Bundesreisejesetz endet die Dienstfahrt mit den Tod. Da hat die Firma jesacht: Die Rückfahrt bezahln wa nich och noch. Is ja och viel teurer, son Sarch zu transportiern." Machte eine Pause und schloss: „Und heute kannste uffm Heimweg schnell noch uff die Oberleitung langspaziern – dit is immer noch Heimwech. Irre."

Der Meinung waren alle. Prost!

Saufen

Die Tür von der Kneipe wurde mit einem sehr kräftigen Ruck aufgestoßen. Max kam herein, das heißt er kam nicht weiter rein, sondern blieb in der Tür stehn „Na, ihr Saufbrüder! Ihr seid ja dit letzte Mal janz schon breit jewesen. Ihr habt mir ja mehrmals fallen jelassen. Meene Olle hat wejen die Hosen erst mächtich jeschimpft."

Es gab ein Hallo, dann folgte die persönliche Begrüßung. Bei Egbert dem Alten blieb er länger stehn, sah sein leeres Glas und fragte „Schlange hier?" Der Alte nickte nur. Ja, er war schon lange hier.

Max blieb stehen. „Aber meene Olle hat denn nüscht weiter jesacht. In Jejenteil. Meene Olle hat mir jelobt und zwar überschwenglich."

„Wat hast'n jemacht?"

„Hab ihr'n Ring jeschenkt."

„Wat, einfach so?"

„Ja, war sojar een Stein drin; schätze mal: n Brillant."

„Na, dit musste doch wissen, wenn den Ring koofst."

„Hahik ja nich jekooft, hahik gefunden."

„Mensch, mit soon teuren Stein, den musste doch ufs Fundbüro bringen."

„Nee doch, im Ring stand ja: Uff ewig dein."

Wieherndes Gelächter.

„Nu, komm. Setz dir mal erst hin."

Max schüttelt seinen Kopf. „Nee, ick sauf im Stehen weita. Wenn ick mir setze, wees ick nich mehr, ob ick noch hochkomme."

Andreas hebt die Hand. „Dit k… k… kenn ick. Sacht der am T… T… Tresen: Also, hör ma zu: Wir stehn jetzt ma uff. Wenn wa dit noch könn, saufen wa weiter. Und wenn wa nich mehr uffstehn könn'n, denn jehn wa nach Hause."

Verblüfft schauen alle auf Andreas. Alle drei Sätze ohne Stottern!

„Wenn de besoffen bist, denn stotterste wohl jarnich?!"

Andreas deutet auf die Katze von Katrin, der Wirtin. „Weiße Katze bringt mir Jlück. Ob eene schwarze Katze mir Unglück bringt, wees ick nich."

Max, wiehernd: „Du bist jut: So lange du keene Maus bist, haste immer Jlück."

Eggi: „Weil ihr jrad bei Mäuse seid. Haick so ne kleene Alte jesehn, janz kleen und verhutzelt. Wollte wat essen und trinken. Aber et is janz schön dunkel in die Kneipe und die Schrift in die Speise- und Jetränkekarte war janz schön kleen. Die war für die Alte so kleen, dit die nüscht lesen konnte. Wat macht se? Sie holt ihr Handy raus und knipst dit Licht an, um wat zu sehn, aber et is ihr immer noch zu kleen. Denn macht se'n Foto und verjrößert dit. War clever, die Alte, wa?"

„Ja, bei manche Alte kannste nich meckern, die sind jut druff."

„Apropos meckern. Wat meckert denn die Zieje eigentlich bei Schulzes immerzu?"

„Na man, wenn die dir sieht, denn freut die sich."

„Wenn die sich freut, warum meckert die denn?"

„Man, du weest doch, wat'n Berliner Lob is?"

„Berliner Lob? Nie jehört."

„Na, wenn wat jeklappt hat, wat sachst denn?"

„Ja, da kannste nich meckern."

„Sieste!"

Pause. Max steht immer noch. „Man, nu setzt dir endlich hin. Dit is ja eene Unruhe wie uff Arbeet."

Peter erinnert sich: „Wat heisstn: Du säufst im Stehen weiter?"

Max: „Unsre Cheffin hatn Superabschluss jemacht. Und weil wa so jut warn, hat se een Essen jejeben. Ja, och wat zu trinken jabs. Aber wissta, wat ick an die Frau jarnich leiden kann? Die redet imma, ohne dit die eener wat jefracht hat." Und nach einer Denkpause: „Wenn dit meene Frau wäre, da würd ick mir hassen. Da könnt ick nich schlafen, da könnt ick nich essen un nich trinken. Ick wüste jarnich, wo ick die verscharren könnte…"

Oh, oh, böse, böse. Wenn man wissen will, wie Männer wirklich sind, muss man ihnen nur tüchtig zu trinken geben. Also: Prost!

Besonders?

Max wundert sich. Da sitzt Peter der Erste und sagt kaum Hallo. Der kann doch immer etwas erzählen. Aber heute sitzt er einfach da. Als Max seinen ersten Schluck getrunken hat, fragt er teilnahmsvoll: „Wat isn los?"
Peter macht nur eine Bewegung mit dem Kopf zur Seite, heißt wohl: Ach, wat soll los sein?!
„Nee, sach mal! Du scheinst mir ja janz bedrüppt."
„Ach, ich hab bei meener Frau vaschissen."
„Wat?! Dit kann ja jarnich sein. Die is doch immer…" Er sucht nach Worten. „… die is doch immer so nett. Also, ick meine: ihr versteht euch doch imma so prima."
„Ja, wenn wa uns sehn. Aber ick habe doch immer in die Vereine so ville zu tun. Und denn schläft se doch meist schon vorm Fernseher. Aber jestern fracht se mir, ob sie wat Besonderes sei?"
Max, der ja immer ein bisschen um die Ecke denkt, denkt an seine Schulzeit und wenn die Freundin dann gefragt hatte, ob sie was Besonders für ihn sei, dann hatte er blitzschnell gedacht: ‚Ja, besonders schön biste nich, aber besonders willich. Und dit will ick.' „Und? Wat haste jesacht?"
„Na, wir hatten ja jrade die Kripo bei unsere Feuerwehr, die suchen doch een. Und da fielen mir die Papillaren ein."
„Die wat?"
Peter streckt Max seinen Daumen entgegen. „Mensch, die Furchen hier. Die

sind bei jedem einzichartich. Et jibt nich zwee Menschen mit die jleichen Papillaren."

„Na, dit hat och noch keener überprüft. Aber wat hat die Petra jesacht?"

„War ihr zu wenich. Wenn mir nüscht Weiteret einfalle, könne ick ja bei die Feuerwehr übernachten. Peng!"

„Auweia. Aber ick will dir mal sagen, dit man dit mit dit Besondere och übertreiben kann. Meene Neffen zum Beispiel, die sind wat janz, wat janz besonderet. Zu Hause bei denen kannst nur Oh! und Ah! hören. Wat der Phillip wieder jemacht hat, wat janz Besonderet. Und die Lola, ach, wie die sich jeschminkt hat und wat die anjezogen hat – also sowat Besonderet, dit jibst jar nich."

Peter wollte einhaken.

„Nee, warte ma. Da warn wa alle im Fläming uff die Skaterbahn. Und denn jings los! Nu kiekt euch die Kinder an! Zum ersten mal uff die Bahn und loofen ja wie die Jötter! Und denn, inner Pause hat mir der Phillip erzählt, dit sie uff ihrer Chaussee schon dreimal jeübt hätten."

Peter nickt dazu. „Besonders musste im Kaptalismus immer sein. Als wa nach de Wende Bewerbungstraining jelernt ham, da ham die uns jedrillt, wo wir wat janz Besonderet sind. Und wenn de denn uff die neue Arbeit kommst, denn wird da och bloß mit Wasser jekocht."

„Jenau! Darauf einen Dujardin!" Hob sein Bierglas und beide tranken einen langen Schluck.

Peter hängt noch seinem Gedanken nach. „Wat Besonderes biste, wenn de wie Messi spielen kannst."

„Oda Klavier, wie der Ludwich Mozart."

„Na, der hätt och lieber Fussball jespielt als von sein Vadder am Klavier jetriezt zu werdn."

Max überlegt. „Jaaps damals schon Fussball?"

„Is doch ejal. Jedenfalls wolln die meisten bloß machen, wat Spaß macht. Aber wat Besonderes macht richtich Arbeit."

Dem stimmt Max zu. „Also, ick hab wirklich jestaunt. Ick komm int Zimmer von meen Sohn, sitzt der am Laptop und haut eenen Text rin. Ick frage ihn nach wat und der unterhält sich mit mia. Und schreibt dabei weita. Ick sage: Weeste denn, wat de da schreibst?" ‚Ach, is nurn Standardtext.' Und denn habick mir erkundigt, wo er dit jelernt hat. Sachtta: ‚Ach, Vadder, wenn de dit immerzu machst, denn kommt dit.'

Peter stimmt zu. „Dit trainiern wir bei die Feuerwehr, biste dit automatisch kannst. Aber dit is och anstrengend. Jarnich anstrengend is, wenn de janz normal lebst."

Bestätigendes Nicken. „Aber wat machste denn nu mit deine Frau?"

Peter, nach leichtem Zögern: „Ja, habick jejrübelt. Is mir aba nüscht einjefalln. Aber denn hab ick ihr jesacht: Selbst wenn de wie alle Fraun aussiehst, für mia biste wat janz Besonderet. Und denn habick noch jesacht: Sonst hätt ick dir ja nicht jeheiratet. Und ick würd dir jetz uff die Stelle noch Mal heiraten! Da hat se jelacht und denn war jut."

„Na, kannst ja doch zu Hause schlafen. Denn is ja alles jut."

Lachen und Prost!

Über Dicke reden

Die Tür wurde aufgestoßen und es wurde schlagartig still in der Kneipe. Fast alle sahen zur Tür. Es war eine Frau eingetreten, was ja heutzutage nichts Ungewöhnliches mehr war. Aber die war fettleibig, extrem fettleibig.

„Mannoman!" stöhnte Egbert der Alte auf.

„Mensch, Vadder, dit kannste heute nicht mehr sagen", wies ihn sein Sohn zurecht. Und es war nicht zu erkennen, ob es wirklich ernst gemeint war oder einen ironischen Hintergrund hatte.

Doch Egbert der Alte ließ sich nicht von seinem Sohn den Mund verbieten! „Ick kann nich sajen, dit die verdammt dick is?!"

Andreas hob seinen Finger. „Dit… dit… dit kannste wirklich n…n…nich mehr sagen. Dit… dit beschädicht ihr Gefühl."

44

„Wat denn für'n Jefühl? Die wird doch selbst wissen, dit die zu dick is. Die kieckt doch och inn Spiegel oder nich?"

„Sieste, dit mein ick. Du sachst: zu dick. Aber vielleicht fühlt di sich janich zu dick. Die is janz einverstanden mit sich."

„Dit is ja schön für die, aber mir is die zu dick. Ick komm ja jarnich um die rum, wenn ich die umarmen will. Wat ick nich will. Aber ick stell mir vor, ick streichel die: da loof ick mir ja müde."

Andreas, der schon mit der korrekten Sprechweise unserer Zeit sozialisiert war, erklärte: „Dit…dit…dit verlangt ja ooch ja…ja…jarkeener. Aber die is vielleicht verletzt, wenn die so wat hört."

„Verletzt, verletzt! Die soll wenijer fressen. Dit jibt so ville Hunger in die Welt und die verspachtelt allet."

Max mischte sich ein. „Ick hab in Fernsehn jesehn, dit et Fettzellen jibt. Die hat der eene mehr und die andre weniger…"

Egbert unterbrach: „Na, die hat mehr als jenuch."

Max: „Und wennde ville hast, kannste jarnischt machen. Die lejen sich Reserven an und denn biste dick."

Jetzt wurde Egbert wütend. „Ach nee? Da kannste jar nüscht machen? Ihr seid ja zu jung dazu, aber wir ham inner S-Bahn zu dritt uff die Bank jesessen, die für zwee war. Und heute, wenn sone Dicke, denn haste jar keene Chance. Wat war denn nach dem Krieg mit die Dicken?! Die warn alle verdammt schlank. Kennta noch Jerd Fröbe? Schlanker Mann. Und denn hatta och wie alle Buttercremetorte jefressen und sein Schneider hat doppelt so ville Stoff jebraucht."

Max, der ja oft um die Ecke dachte, sagte trocken: „Um den Stoff mach dir man keene Sorjen. Die Industrie hat sich janz unufffällig an die Dicken anjepasst. Kosten die Jeans eben een bischen mehr. Aber Sorjen mach ick mir schon." Ließ eine Pause, alle warteten, was nun kommen würde. „Na, dit werden doch immer mehr davon, stimmts? Und wenn die erst Mal in die Mehrzahl sind, denn is dit - dit neue Normalnull. Und ihr seid verdammte Hungerleider. Und denn rufen die euch ‚Bohnenstange' oder so wat Jemeinet."

Egbert der Junge stimmte zu. „Jedenfalls werden denn die Dicken nich mehr beleidigt. Und bejafft wie een Monstrum.

Max war nicht überzeugt. „Ick jeb ja jern zu, dit son Wort wie ‚fette Sau' nu nich wirklich lieblich klingt. Aber dick is dick. Mensch, denkt mal an den dicken Calmund. Hat der nu abjenommen, weil er sich diskriminiert jefühlt hat oder weil et ihm jetzt besser jeht? Der kam doch durch keen Drehkreuz mehr und im Stadion brauchte der janz weite Sessel."

Egbert der Alte: „Eijentlich hätte der immer zwee Eintrittskarten bezahlen müssen. Wenn de im Kino oder so neben soon Fetten sitzt, da quillt doch allet über die Armlehnen, da hast doch selbst keenen Platz mehr. Nee, Jungs, inn TRABI hätte der och nich rinjepasst."

Calmund im TRABI, das erheiterte die Runde. Und Andreas wusste, dass man im Möbelgeschäft schon drei Sesselgrößen kaufen konnte. „Und wat machste im Kino? Immer een normalen Sitz und een superjroßen? Denn kriegste nicht mehr so ville Leute rin. Den jeht dit Kino Pleite."

„Quatsch", widersprach Max, „denn kostet die Dickenkarte mehr." Und dann fiel ihm etwas Praktisches ein: „Denn musste an der Kasse ne Waage ham. Allet über 100 Kilo muss doppelt zahln."

„Nee, dit jeht so nich. Wenn de zwee Meter jroß bist, den biste mit 100 Kilo nich dick. Denn biste stark."

Egbert: „Na, ick seh schon: et wird Anwälte brauchen, um dit auszuklämüsern."

Wieder widersprach Max: „Quatsch, inn Ausweis kommt dein Bodymassindex. Allet über 35 is dick und muss zahln." Und setzte noch einen drauf: „Und zahln müssen wa alle!"

Erwartungsgemäß richteten sich alle Blick auf Max. „Na, dit is doch nu nachjewiesen, dit Dicke ne Menge Problem mitn Kreislauf und mit die Jelenke ham oder die ham oft Diabetes. Die sind eijentlich janz jesund, aber ham sich krank jefressen. Und die Kosten tragen wa alle."

Schweigen in der Runde. Dann die leise Frage von Heinz, fast ängstlich: „Hat dit Bier eijentlich och Kalorien?"

Das weiß Egbert der Junge. „Also dein Bier hier, dit hat über 100 Kilokalorien. Meins hat nur 50."

„Wieso hat deins wenijer?"

„Weil ick et schon zur Hälfte ausjetrunken habe." Hob sein Glas Bier und rief: „Prost uff die Fuffzich!"

Prost!

Mangelwirtschaft

Es war Sommer. Wunderschönes Wetter. Und Freitagabend. Da war es überall voll. Natürlich hatten die vom Stammtisch ihre Plätze längst eingenommen. Und Katrin servierte gerade eine neue Runde.

„Sach mal, Meechen. Bei dit Wetter kannste doch een paar Tische und Stühle uffn Bürgersteig stelln. Da is doch jenügend Platz."

„Dit ist ja rührend, Egbert, wie de dir um meen Jeschäft kümmerst. Ick hab sojar ne Jenehmijung dafür."

Egbert: „Na, denn nüscht wie ran! Oder haste keene Stühle?"

„Jenehmijung habick, Stühle habick, sojar Lust habick. Wat ick nich habe, is Personal. Oder willst du dit Bier da raustrajen?"

„Nee, lass ma. Bei meene Beene wär dit ein riskantet Jeschäft vor dir."

„Na, denn lassen wa dit mit dit Straßenjeschäft."

Jetzt mischte sich Peter der Erste ein. „Dit kann ick nur bestätijen. Leute fehln überall. Inner Feuerwehr könnten wa och jern een paar jüngere Leute haben. Der Brand da letztens im Wald, der hat janz schön jeschlaucht."

Heinz, diesmal ganz auf der Höhe der Zeit: „Ick denke, wir ham über eene Millionen Flüchtlinge in Deutschland. Könn davon nich een paar Bier ausschenken. Dit is doch nich so schwer."

Andreas, heute geradezu witzig: „Na, dit...dit..., sone Münchner M...M...Maß is janz schön schwer. Ich ha...ha...hab am sp...späten Abend den eene Humpen jar nicht mehr hochjekricht. Und die S...S...Servierk..k...kräfte, die komm mit 8 davon."

Heinz, enttäuscht: „Man, et jeht doch nich um dit Jewicht von een paar Jläsern Bier."

Konter: „M...M...Man, dit weeß ick doch. Dit...ditt.dit warn W...W...Witz. Wat schwer is, is die d...d...deutsche Sprache. Oder willste in A...A...Afghanisch bestelln?"

Alle Blicke richteten sich auf Andreas. Der war ja heute geradezu spritzig! Peter legte seine Hand anerkennend auf die Schulter von Andreas. „Du hast ja Recht. Aber selbst wenn die unsere Sprache lernen, denn könnse immer noch nich hier arbeeten. Dit hat wat mit die jründliche Bürokratie zu tun. Und solange ham wa eben keene Arbeitskräfte."

Heinz: „Und wenn wa jeduldig warten, denn ham wa wieder genüjend Arbeitskräfte?"

Aber bevor die Frage mit dem versammelten ökonomischem und demografischem Sachverstand diskutiert werden konnte, grätschte Egbert der Alte dazwischen: „Ja sicher, aber keene deutschen Arbeitskräfte."

Max, der gern um die Ecke dachte: „Jenau, denn sind die deutschen Kellner Afghanen oder Syrer oder Eritrear. Und denn machen wa ne Widervereinijung mit die Länder."

Heinz: „Versteh ick nich. Warn wa denn mit die schon ma zusammen?"

Der junge Egbert: „Ach, hört doch uff! Wir sind immer noch 80 Millionen."

Wieder Konter von seinem Vater: „Ja, aber nur die Hälfte arbeitet davon! Ick saje euch: Et bleibt dabei: wir ham keene Leute mehr."

Katrin, die Nachschub brachte, hatte offensichtlich mitgehört und sagte: „Is wie in die DDR. Da hamse och immer jeklagt, dit wa zu wenige Arbeitskräfte hatten."

„Ach, zu wenige Arbeitskräfte!" Peter erinnerte sich an seinen alten Betrieb in der DDR. „Een Been ham wa uns da nich ausjerissen. Wenn se dafür jesorcht hätten, dit immer Material da is und die Leute anständig arbeeten – na, denn wärn och jenuch Arbeitskräfte da jewesen."

Egbert der Alte war heute irgendwie auf Krawall. „Ham se ja versucht. Ham die Normen erhöht. Is ihnen aber am 17. Juni uffn Fuß jefalln." Stilles Gedenken an den Volksaufstand in Ostberlin, in Leipzig und in den anderen Städten.

Peter bringt die Diskussion wieder ins Heute. „Aber jedenfalls wird überall bloß jebarmt. Dabei könnten wa so ville Arbeitkräfte freimachen. Nu, nu stellt euch bloß mal vor, die uff die Jemeinde hätten anständije Programme. Beantrachst von zu Hause deinen neuen Reisepass, bums, kriegst zwei Terminvorschläge, um dein Bild und deine Fingerabdrücke abzujeben. Und, bums, nach eener Woche kannstn abholn."

„Du hast ja ne blühende Phantasie…"

„Ja, warte mal. Noch wat: Unser Augenarzt hat keene Sprechstundenhilfe mehr. Musste immer hinjehn und lange uffn Termin warten fürn Termin. Und ab morjen macht dit die KI."

Egbert: „Wer isn KI. Kenn ick nich."

„Künstliche Intelligenz. Et jibt Projramme, die machen für den Arzt deinen Termin. Und Krankenakte sprichta nur noch ein, wird jleich verschriftet. Und dein Rezept liecht schon bei den Apotheker. Und unser Schuldirektor hat nicht mehr mit tausend Berichte und Anträje und Formulare zu tun, der hat een >>digital assistent<<. Und wenn wieder mal ne Seuche grassiert, denn könn' alle zu

Hause bleibn und ihre Schularbeiten von ChatGPT machen lassen." Die Runde schaute beeindruckt auf Peter den Ersten. Nicht umsonst hatte er seinen Beinamen. Hier, bei der digitalen Revolution war er auch wieder der Erste vor Ort. Und fügte noch hinzu: „In andern Ländern fahrn Trecker ohne Treckerfahrer und hacken Unkraut. Und bei AMAZON fahrn Roboter die Pakete aus. Und die U-Bahnen in London und Paris fahrn och schon ohne Fahrer. Könn die alle wat anderet machen."

„Jenau! Bier bringn." Prost!

Tote leben länger

„Mensch", staunte Heinz, „du hast jan Anzuch an. Biste Aktivist jeworden, wa?"

„Nu mach dir mal nich lustich. Sterbn wirste och." Max zog seine Anzugjacke aus und hängte sie über die Stuhllehne. Krempelte die Hemdärmel hoch und nickte Katrin, der Wirtin, zu. Die kam auch gleich mit einem Bier, das sie schon beim Eintreten von Max gezapft hatte. „Dit is jut. Aber bring ma ne Runde Klaren."

Der Stammtisch freute sich. So außer der Reihe, das war schön. Dafür hatte Max ihre ungeteilte Aufmerksamkeit. „Also is ener jestorben, wa?", wurde sachkundig festgestellt.

Max: „Nee. Is nich eener jestorben, sondern eene. Die jüngere Schwester von meene Frau." Nahm einen kräftigen Schluck. „Viel zu jung."

Eggi kamen Bedenken. „Aber deine Frau is ja nu ooch nich mehr die Jüngste. Wie alt war die denn?"

„Een Jahr jünger. Na klar, hätte die noch een paar Jährchen machen können.

Aber irgendwann is eben Sense. Denn is allet mit uns vorbei."

Das hörte sich sehr pastoral an und fand seinen geziemenden Abschluss mit den kleinen Klaren. „Prost. Uff deine Schwägerin."

Dann wurden die Gläser pietätvoll leise abgesetzt, nur Egbert der Alte gluckerte mit seinem Magen.

„Also", nahm Peter der Erste den Faden wieder auf, „allet is nicht mit uns vorbei. Dit bleibt noch ne janze Menge." Sprachs und machte eine rhetorische Pause. Ließ die Pause stehen und wartete, wann der erste nachfragen würde. Und Max nutzte sein natürliches Vorrecht als Leidtragender. „Wat meensten?"

Peter: „Also, ick habe eene Patientenverfüjung. Von mir lebt einijes noch ne janze Weile weiter."

Glucksendes Geräusch. Eggi hatte eine lustige Idee: „Und denn jeht der Empfänger mit deine Ogen oder wat de sonst so spendest, zu deine Frau. Und denn sieht die dir in die Ogen. He!"

Die Runde lachte, vorerst noch verhalten.

Peter hatte noch mehr im Köcher. „Und denn sind ja meene Gene noch da. Die loofen in meine Kinder rum. Und wat die sich so von mir anjenommen ham; damit müssta leben, dit die och immer Erste sein wolln."

„Na, wenn de die zu dir in die Feuerwehr holst, denn is ja jut. Aber nu passt ma uff: von mir bleibt och wat übrich. Ick hab ja die TRABI-Sammlung. Ick hab schon jar keen Platz mehr in die Scheune. Und die janzen Ersatzteile…"

Einspruch von Andreas: „Aber w…w…wenn die verkooft is, denn… denn… denn wees doch kk…kk…keener mehr von dir."

Max: „Einspruch. Ick hab ja überall meen Monogramm einjeprächt."

Egbert der Alte: „Wat isn een Momogramm?"

Sein Sohn, blitzschnell: „Seine Buchstaben: PP." Und zur Illustration nahm er seine Kappe vom Kopf, deutete auf das New Yorker Kurzzeichen: „'n Yuta."

Max hatte sich inzwischen erholt und war wieder der Alte. „Een Juta schreibt sich aber mit J und nich mit Y. Da kannste höchstens heißen: ‚n Yeti.‘"

Zustimmendes Gelächter. Aber was bleibt denn noch?

Jetzt holte Peter zum Rundumschlag aus. „Mensch, denkt doch mal nach. Wat is denn mit die Häuser? Da freun sich doch schon heute Leute druff. Und, Andreas, deine Liebeslaube, die de für Sabinchen gebaut hast…"

„Jenau. Und…und d…d…die Pfeifenwinde, d..d…die hat j…j…jetzt schon een richtijen Stamm."

„Sieste: dit bleibt. Jedenfalls noch ne janze Weile. Und Heinz, deine berühmte Schraubensammlung!"

Gelächter. Weil Heinz immer rumkam und nach Schrauben schnorrte. Und wenn er eine bekam, gleich sagte: ‚Jib mal noch een paar mehr, falls mir eene runterfällt, wa?‘

„Und, Egbert, wat is denn mit deine Briefmarkensammlung?!"

Egbert der Alte winkte ab. „Schreibt ja keener mehr Briefe. Krieg ja die Sätze jarnich mehr komplett. Dit wird wohl nüscht."

Max provozierte: „Aber der SachsenDreier oder die blaue Mauritius! Mensch, dit is doch een Vermöjen!"

Egbert winkte nochmals ab: „SachsenDreier! Schön wär et. Ick kann nur mit Hindenburch oder Hitler dienen. Oder Ulbricht."

Gelächter. Und eine Stimme in Fistelhöhe: Niemand hat die Absicht, eine Mauer zu bauen.

„Sehta! Solche Erinnerungen bleiben ooch."

Eggi, nachdenklich, geradezu skeptisch: „Von uns? Wat solln da bleiben?"

Peter: „Na, denk ma an deine ville Liebesbriefe. Die liegen bei die und die und die, alle mit een Bändchen schön zusammen, in een Karton."

„Du bist ooch son Karton. Ick hab doch nur SMS jeschrieben oder Whatsapp."

„Na, dit bleibt ja noch länger."

Furchtbar. Betroffnes Schweigen bei den Jüngeren. Offensichtlich gehen sie im Geiste durch, was da noch zu Tage kommen könnte.

Peter bringt die Sache wieder zum Laufen. „Ick wollte ja nur sagen, dit ja nich nur Materiellet bleibt, sondern ooch Erinnerung."

„An uns? Hier am Stammtisch?"

„Klar. Warte mal." Winkt Katrin ran und fragt: „Wirste an uns noch denken, wenn et uns nich mehr jibt?"

Katrin ist überrascht, aber auch Wirtin: „Klar. Fehlt ja Umsatz."

Grinsen reihum. „Na , dit wolln wa mal verfestijen. Denn bring mal noch ne Runde Klaren!"

Und mit dem Brustton der Überzeugung, dass einen ganze Menge nach ihrem Ableben bleibt, jedenfalls eine Weile lang, kam das ‚Prost!'

Frau mit Weizen und Fackel

„Mensch, Egbert!" Erstaunter Ausruf vom Stammtisch. Egbert war mit seiner Frau in die Kneipe gekommen. Sie führte ihn zu seinem Platz. Alle schauten auf Walburga. „Kommste jetzt imma mit?" Die Frau von Egbert dem Alten schüttelte nur ihren Kopf, nahm ihrem Mann die Kappe vom Kopf, hängte sie hinter ihm an den Haken, nickte den andern zu und ging wieder.

Ehrfürchtiges Schweigen. Dann brach Egbert der Junge den Bann: „Warum isn Mutter mitjekomm?"

53

Egbert: „Mir war so komisch. Da wollte se mit mir zum Doktor. Aber ick hab jequatscht und jequatscht und denn standen wa janz überraschend hier vor die Kneipe. Dit hat ihr offensichtlich die Sprache verschlagn."

Grinsen auf allen Gesichtern. Nicken von Egbert dem Alten in Richtung Katrin, die auch schon frisch gezapft hatte und den Gestensaft anbrachte. Prost!

Des Alten Blick wanderte über die Runde. Die war komplett. Vor Andreas lag ein Blatt, weiße Seite nach oben.

„Wat isn dit?"

Andreas: „Ach, nü… nü… nüscht."

„Nu zeich doch mal!"

Andreas schüttelte beharrlich seinen Kopf.

Heinz: „Ick hab ma och schon jewundert. Wenna wat mitbringt, denn solla dit och zeijen."

Die andern nickten zustimmend. Aber Andreas blieb hartnäckig. „Dit, dit, dit is einfach een B…B…Bild. Ick k…k…kann euch d…d…dit erklärn." Man musste bei Andreas immer geduldig sein, aber das warn sie in der Runde. „Dit…dit…dit is nur een Määchen."

Grinsen breitete sich auf den Gesichtern aus. Und Max sagte: „Du Schwein. Willste für dein Spind?"

„Nee, n…n…nich wat du denkst. Die is a…a…anjezogn. D…D…dit is ne Frau v…von früher. Die hat n…n…ne Fackel…"

„Die will wat anstecken?"

„N…n…nee. D…d…die Fackel zeicht n…n…nach unten."

„Hä?" Großes Unverständnis. „Mensch, nu zeich doch mal!"

Andreas schüttelte wieder seinen Kopf und legte zur Verstärkung beide Hände auf das weiße Blatt. „D…d…die hat n Strauß mit Weizeng…g…garben inner Hand."

„Ick denke, die hat ne Fackel inner Hand, wa," wunderte sich Heinz.

Max half ihm auf die Sprünge: „Eene Hand Fackel, andre Hand Weizen." Dann Wendung zu Andreas. „Aba warum?"

„W…W…Weizen. V…V…verstehta nich? D…d…dit is die Ukraine."

„Und wat will die mit die Fackel? Die Weizenfelder abfackeln?"

„N…n…nee, dit machen d…d…doch die Russen. Die Fackel z…zeicht nach unten."

Jetzt verstand keiner mehr. Einige gaben schon auf, sackten zusammen. Konzentrierten sich lieber auf ihr Bierglas.

„D…d…dit is eene A…A…Alegorie."

Egbert, sichtlich ungeduldig: „Wat is denn dit nu?"

Sein Sohn, erklärungsbereit: „Dit hat wat mit Algebra zu tun. Dit is Mathematik."

Andreas schüttelte seinen Kopf. Damit war er heute schon geübt. „A…A…Allegorie isn G…G…Gleichnis. Die Frau is d…d…der Frieden. Und d…d…die Fackel z…z…zeicht nach unten. D…d…dit heißt: Sch…Schl…Schluss mit den Krich!"

„Und wat is da nu so Schlimmet dran, dit de die nich zeijen kannst?"

„Kann ick j…j…ja. Aber ick w…w…wollte mal sehn, ob ihr jeduldich seid."

Aha, jetzt hatte der seine pädagogische Ader. Aber der war auch witzig, denn er guckte reihum und fragte: „W…W…Wissta, w…w…warum der eine Bibelverkäufa so erf..f…, so jut v…v…verkoofen konnte?"

Unverständige Blicke. Noch wusste keiner, was jetzt kommt.

Andreas, mit verschmitztem Gesicht: „D…D…Der hat d…d…die Bibeln jenomm und d...d...denn hatta die Leute jefracht: Soll ick d...d...die vorlesen oder k...k...koofen sie lieba jleich?"

Überraschung, dann wieherndes Gelächter. Egbert der Junge: „Mensch, Andreas! Sowat traut sich ja heute keen Mensch mehr. Son Witz und du hast jleich een shitstorm an die Backe. Nur du kannst sowat noch. Mensch, du bist jut. Du bist ooch ne Allgorie oder wie dit heißt."

Prost!

Knöllchen verteilen

Die Runde war schon in erregter Debatte. Es hatte wieder Streit gegeben zwischen Bürgermeister und Gemeinderat. Der Streit um den Straßenausbau hatte besonders heftigen Ärger ausgelöst. Nicht um das Geld; das war da. Aber die Verwaltung hatte bei den Ausschreibungen gepatzt, beharrte aber darauf, alles richtig gemacht zu haben.

Egbert: „Fehler müssen die jarnich zujeben. Die könn sich immer hinter Brüssel verstecken." Und äffisch: „Dit muss so jemacht werdn."

Andreas, der nun mit seinem Sabinchen ein Kind gezeugt hatte, legte noch eins drauf: „Als... als...als wa die Kleene anjemeldet ham, ham wan Schreiben jekricht: Herzlichen Jlückwunsch. Und ihr Kita-Platz steht für Sie ab September bereit."

Heinz: „Na is doch jut, wa."

Andreas, der ohne zu Stottern sprechen konnte, wenn er erregt war: „Jarnüscht is jut. Zwee Wochen später: Entschuldijung, wir ham jar keene freien Kita-Plätze. Sie müssen sich noch een Jahr jedulden."

Max: „Sone Leute ham wa bei uns och: die könn nich bis drei zähln. Aba tröste dir: Im September is Wahl. Kannste een andern Bürgermeister wähln. Denn wird allet bessa." Gelächter. Die Runde hatte ihre Erfahrungen.

„Mensch, dit müssta verstehn. Die müssen och ihre Erfahrungen sammeln. Wenn se denn im Kreistach oder im Bundestach sitzen, denn erst könn se ausm Vollen schöpfen." Kurzer Blick in die Runde. Dann nur eine karge Zahl: „243 Millionen."

Verständnislose Blicke. „Man, wir hatten mal zwee Minister aus Bayern in die Regierung. Die wollten unbedingt die Ausländer uff die Autobahnen abkassiern. Alle ham jewarnt. Wartet mal uff dit Rechtsjutachten. Ach wat, hat der Scheuer jesacht, und Verträge jemacht. Denn is die Sache jeplatzt und nu müssen wir die Firma 243 Millionen Euro für Nütschtun zahln."

Peter der Erste gab zu Bedenken: „Ick hab mal een Feuerwehrauto jeschrotet. Hab ick mir wirklich dämlich anjestellt. Musst ick mir mit zwee Jehälter an die Kosten beteilijen. Wird doch der Scheuer och, oder?"

Das war listig gefragt. Und prompt kam auch Einspruch: „Wenn Politika wat vermasseln, denn passiert jarnüscht. Die sind ja denn och jar nich mehr da. Die ham denn inzwischen een Job bei die Wirtschaft."

Max wusste es besser: „Einspruch, euer Ehren. Der Wissing, der jetzige Verkehrsminister, lässt jrade prüfen, ob der Scheuer belangt werden kann."

„Man, denn kann der aba sein Leben lang zahln, wa."

„Ach, ihr Dussel!" Egbert der Alte gab Auskunft aus seinem Leben: „Hab ick noch nie erlebt, dit een Politiker zur Verantwortung jezogen worden is. Noch nie!"

Schweigen in der Runde. Alle gingen ins geistige Archiv – und fanden nichts.

Heinz, der jetzt erst begriffen hatte: „Denn kannste also als Politiker allen Schaden machen und nüscht passiert dir?!"

Max: „Jenau. Denk mal an Kohl, wie der seine schwarzen Kassen hat anlejen lassen. Aber als er die Spender nennen sollte, hat er jesacht: Nee, ick hab die mein Ehrenwort jejeben. Oder denk mal an die Merkel, wie die jeschworn hat, Schaden vom deutschen Volk abzuwenden. Und hat uns in die Abhängichkeit von Putins Jas jeführt." Und als schöne Schlussfolgerung: „Nee, als Politiker biste immun."

Peter korrigierte: „Haste Immunität."

„Sag ick doch."

Peter: „Da hilft nur: abwähln. Wie wa dit hier im September machen."

„Hallo abwähln. Der Scheuer is in sein Wahlkreis in Bayern direkt jewählt wordn. Mit jroßen Abstand zu die andern. Von wejen Abwähln."

„Na, man, für Bayern wollte der doch dit Beste. Sowat wolln die. Da kriegta noch een Plätzchen."

Heinz kam über die Erkenntnis noch immer nicht hinweg. „Da kannste als Politiker allen Schaden machen und nüscht passiert dir?! Versteh ick nich."

Peter: „Na, wat willstn machen?"

Heinz: „Na, wenn dit een Fehler war, denn mussa och blechen."

„Ja, nu musste erst mal nachweisen, dit der den Fehler jemacht hat. Sein Staatssekretär hat jesacht: dit machen wa. Weil den sein Abteilungsleiter jesacht hat: Dit könn wa machen. Weil den sein Mitarbeiter jesacht hat: Da kann nüscht passiern. Wer isn nu schuld? Wen willstn zahln lassen? Nee, die kriechste nich."

Heinz gab nicht auf: „Aber denn is da wat falsch. Überall biste für deine Sachen verantwortlich, bloß in der Politik nich?!"

Egbert der Junge, ganz und gar fröhlich, mit seiner jungen Stimme: „Ja, denn müssen wa nur kluge Leute wähln, die keene Fehla machen."

Egbert der Alte brachte die Sache auf den Boden zurück. „Und wenn wa im Septemba een neuen Bürgermeesta wähln, woher weeste, wer jut is?"

Betroffenes Schweigen in der Runde.

Peter hatte eine Idee: „Denn jehn wa alle zu der Vorstellungsrunde. Die müssen sich ja vorstelln. Und denn fragen wa die Löcher in den Bauch. Und wer uns jefällt, den wähln wa."

Max: „Wenns da Freibier jibt, bin ick dabei." War das nun ernst gemeint oder eher ein Scherz?

Peter nahm es ernst: „Und wer janz ville Freibier spendiert, denn wähln wa, wa?! Nee, wir wolln schon den Besten ham."

Andreas: „Oder d…d…die Beste."

Peter stimmt zu: „Oder die Beste."

Prost!

Untersuchungsdrang

Der Stammtisch war heute dürftig besetzt. Egbert der Junge zerfaserte einen Bierfilz. Max reichte stumm den nächsten Filz rüber, als der erste zerlegt war. Dann kam Heinz, grüßte, nickte Katrin wegen eines Biers zu und setzte sich.

„Wat machstn du da?"

Eggi: „Seit meenen frühesten Zeiten fühl ick eenen Untersuchungstrieb jejen natürliche Dinge. Man leecht et ja manchmal als eene Anlage zur Grausamkeit aus, dit Kinda solche Jejenstände, mit die sie eene Zeitlang jespielt ham, die sie bald so, bald so jehandhabt ham, endlich zerstückeln, zerreißen und zerfetzen. Doch dit is die Neujierde, dit Verlangen, zu erfahren, wie solche Dinge zusammenhängen, wie sie inwendich aussehen…"

Max und Heinz schauten etwas verwundert auf Eggi. Eggi aber nickte ihnen aufmunternd zu. „Ick erinnere mir, dit ick als Kind Blumen zerpflückt… oder ooch Vögel berupft habe, um zu beobachten, wie die Federn in die Flüjel einjefücht waren."

Max stimmte zu. „Hab ick der Flieje erst eenen Flügel ausjerissen. Konnt se nicht mehr fliegen, fiel imma uff die Schnauze. Na, denn konnt ick ooch den andern ausreißen. War die nur noch Fußjängerin."

Eggi, ganz ernst: „Ist doch Kindern dieses nicht zu verdenken, da ja selbst Naturforscher öfter durch Trennen und Sondern als durch Vereinigen und Verknüpfen, mehr durch Töten als durch Beleben sich zu unterrichten glauben."

Die Blicke von Heinz und Max auf ihren Kumpel waren schon etwas verwundert. Aber Max hatte einen Gedanken gefasst: „Wenn de denkst, wie ville Tiere die in die Forschung verbrauchen!" Und dann fiel ihm noch die Pharmaindustrie ein, die ihre Salben und Wässerchen auch an Tieren ausprobierte. Aber Eggi war noch nicht fertig. Er berichtete von einem natürlichen Magneten. „Een Magnetstein, janz zierlich in Scharlachtuch einjenäht musste ooch eenes Tages die Wirkung solcher Forscherlust erfahren. Denn diese jeheime Anziehungskraft … hatte mich derjestalt zur Bewunderung hinjerissen. Dit ick mir lange Zeit bloß im Anschaun jefiel. Zuletzt habick doch jeglobt nähere Aufschlüsse zu erlangen, wenn ick die äußere Hülle wegtrennte. Dit jeschah, ohne dit ick klüjer jeworden wäre. Ick behielt den Stein in bloße Hände, mit dem ick durch Feilspäne und Nähnadeln mancherlei Versuche zu machen nich ermüdete. Aber ick zog keenen weiteren Vorteil daraus. Ick wusste die janze Vorrichtung nich wieda zusammenzubringen, die Teile zertreunten sich, und ick verlor dit Phänomen."

Also , das war aber doch zu merkwürdig. Max hatte als erster einen Erklärung für Eggis seltsames Verhalten: „Sach mal, haste Cannabis jekriecht?"

„Cannabis?"

„Naja, du sprichst so komisch."

„Wieso komisch? Dit ist Klassik!"

Da Eggi nur Verwunderung in allen Augen sah, musste er sich erklären. „Meene Schwester aus Frankfurt is da."

„Schön für dia. Die haste ja schon lange nicht jesehn."

„Stimmt. Fast drei Jahre."

Heinz, immer etwas begriffsstutzig: „Wieso denn nich? Frankfurt ist doch jarnich so weit. Da fährt dochn Regio."

„Mensch, nicht Frankfurt an der Oder. Außerdem war se in den Staaten. Da hatte sien Lehruffrach. Hat über Germanistik jesprochen."

Heinz: „Interressiern die Amis sich denn für Germanen?"

Eggi, ganz schulmeisterlich: „Germanistik, dit is unsere Sprache und Kultur. Da kommn die Germanen höchstens am Anfang vor."

Heinz kam von dem Gedanken nicht los: „Und da redste jetze wie die Germanen?"

Eggi, entrüstet: „Wieso denn wie die Germanen?! Ich hab Goethe zitiert. Wortwörtlich, man!"

Überrascht und wie im Chor: „Du hast wat?"

„Ick hab Goethe zitiert. Wat ick jesacht habe, dit steht in „Dichtung und Wahrheit", dit is die Autobiografie von Friedrich von Jöthe."

In dem Augenblick war endlich Peter der Erste gekommen. Und statt „Tach, Männer!" zu sagen, verbesserte er: „Friedrich von Schiller und Johann Wolfgang von Goethe."

„Na jut, denn eben Johann und Wolfgang von und zu Goethe. Hat se mir mitjebracht und vorjelesen. Ick hab doch ooch mit unsere Hühner Experimente je-macht."

„Wat denn für Experimente?"

„Na, ick hab unsere Hühner Cannabis zu fressen jejeben." Pause. Vorsichtiger Rundumblick.

Max: „Also doch Cannabis. Hab ick doch jewusst."

Eggi: „Mensch, dit jabs damals noch jarnich. Dit warn Scherz."

„Na, wat hast denn mit die Hühner jemacht?"

„Nagellackentferner uffn Lappen jeträufelt und den Hühnern uff Schnabel jedrückt."

„Und denn?"

„Denn lofen jelassen. Dit heißt: loofen konnten die ooch nicht mehr. Mehr tor-keln. Und uffn Arsch falln."

Die Spannung in der Runde löste sich. Der Text von dem Goethe aus dem Munde von Eggi hatte sie doch verstört. So etwas kann man heute nicht mehr machen. Aber das mit den Hühnern, das war wieder in Ordnung. Wenn man nicht gerade Tierschützer war.

Prost!

Glauben, wissen, hoffen

Heinz kam. Er kam spät. Alle saßen schon am Stammtisch und ihre Gläser wa-ren schon fast leer. Also, Heinz kam in die Kneipe, schritt zum Stammtisch, schmiss seine Mütze auf den Garderobenhaken, traf aber nicht. Machte jedoch keine Anstalten, die Mütze aufzuheben. Knallte sich auf den letzten freien Stuhl und sagte: „Tach.“

„Man eh, du hast ja ne Laune!“ stellte Max fest. „Wat isn dir üba die Leber jelofen?“

Mürrisch die Antwort: „Scheiß Weiber!“

Ach, da wussten sie Bescheid: Es hatte wieder einmal Streit mit seiner Frau gegeben. Max hatte Einfühlungsvermögen: „Wat hat sen jemacht?“

Heinz hatte inzwischen sein Bier bekommen. Ohne Katrin eines Blickes zu würdigen oder wenigstens Danke zu sagen. Nahm einen kräftigen Schluck, setzte ab, wischte sich den Mund. „Wat se jemacht hat? Wat se jemacht hat? Jestern abend hat se den Stecker vom Fernseher jezogen…“

Entsetzter Aufschrei aus der Runde: „Beim Fussball?!“

„Jenau. Denn sollt ick mir jefällichst die Rechnungen ansehn…“

„Beim Fußball?“ Gemeinsame Verwunderung.

„Jenau.“ Und mit verstellter Stimme: „Ob ick ihr vielleicht erklären könne, wat dit für ne Rechnung is. Ick hätte schon wieder ne falsche Rate bezahlt. Ob ick vielleicht mal aus meine Fehler lernen könnte?“

Eggi, ziemlich frech: „Dit musste doch jarnich. Du machst doch jarkeene.“

„Na, wenn ick ihr dit jesacht hätte, denn wär se ausjerastet. Und wat denn passiert wäre, dit wagt ihr euch nich auszudenken. Jedenfalls: Dit is doch keene Ehe, wenn meene Frau andauernd streitet.“

„Richtich!“ wurde er in der Runde bestätigt. Und jemand legte nach: „Und wenn die andauernd unjefracht anfangen zu reden. Die könn doch mal warten…!“

Und nun ein Satz von Max, von ungeheurer Tragweite: „Dit is doch überall so.“ Allgemeines Sinnen, nachdenken, ob der Satz auch auf jeden einzelnen zutraf.

Max nutzte die Stille, um weitere Sätze von sich zu geben. „Ick hab den Eindruck, et wird überall jestritten. Inner Familie. Denkt mal an letztet Weihnachten. Inner Jemeinde, mit den Bürjermeesta. Inner Rejierung. Und überall."

Egbert der Alte nickte. Das hatte er schon seit Jahrzehnten beobachtet: überall Streit. Sein Sohn, der immer noch ein bisschen gegen den Vater opponierte: „Naja, überall? Ick wees nich."

„Wat weeste nich?! So reden dürfst nich mehr wie früher. Essen sollste wat andert. Flijen sollste nich, Auto fahren och nich. Machen musste allen möglichen Scheiß, den de jarnich willst…"

Eggi hakte ein: „Wat denn fürn Scheiß? Du machst doch jarnüscht mehr."

Der Alte: „Ja, weil ick die Schnauze voll habe. Immer mehr Bürokratie, immer mehr Vorschriften."

Max, der Elektriker, unterstützt ihn: „Jenau. Null reicht nich mehr, muss noch een extra Schutzleiter rin. Und neben die Sicherungen een Fehlerschutzschalter. Und am besten sollste noch een Erdleiter rinkloppen. Am liebstn würden die unsre Wäsche och noch mit een Spannungsableiter versehen."

Egbert kam in Fahrt: „Nejer darste nich mehr sagen, als Indianer darfste dir nicht mehr verkleiden oder een Sombrero uffsetzen jeht och nich. Und denn sollste die Diversen ja richtich ansprechen, nich Herr oder Fräulein."

Andreas konnte auch etwas beisteuern: „Und d…d…die Schätze, d…d…die in die Museen, dit is a…a…allet Raubjut, d…d…dit muss zurückjejeben werden."

„Ach, Leute!" Peter der Erste versuchte zu dämpfen. „Ihr schmeißt ja alle in eenen Topp. Du kannst ja…" und dabei wendete er sich an Egbert den Alten, „du kannst ja die Freundin von Eggi ruhich mit ‚Fräulein' ansprechen. Denn hat die mal wat zu lachen."

„Ja", stimmte Max zu, „mit ‚Jungfer'."

Empört Eggi: „Man, die is doch keene Jungfrau mehr. Wat denkt ihr denn von mir?!" Und dann: „Is schon wahr: überall Streit. Denn wenn de dir uf dit Fernsehen verlassen willst oder uff Radio, - da jeht doch och alle drunter und drüber."

Max: „Aba irjend wat muste doch glooben."

Heinz nickte: „Ja, dit et hier een jepflechtet Bier jibt."

Zustimmung von allen Seiten. Anlass, das Gerstenbräu zu verkosten. Und Heinz zu Eggi: „Und? Wat gloobste nu?"

Blitzschnell die Antwort: „Dit meen Jlas leer is. Katrin!" Hob sein leeres Bierglas hoch und signalisiert damit Nachschub.

„Dit mit den Glooben, dit hat sich doch letztens son Hirni och jesacht und hat sich ne Rakete jebastelt. Der wollte von oben seh, ob die Welt nu rund ist. Wenn se rund is, müsste man ja an der Seite runterfallen. Dit wollta selber sehen." Soweit der Spannungsaufbau durch Peter. Erwartungsgemäß die Frage: „Und, hatta jesehn?"

Peter: „Jesehn schon. Hatta aba nich mehr erzähln könn'n. Hoch jekomm'n is er wohl, aber der Fallschirm beim Runterkommen hat versacht..."

„Ejal, runterjekommen issa denn och." Gelächter, weil man sich vorstellte, wie der abgestürzt ist. Und einer erinnerte an die Erzählung des Genossen Kossonossov und den Flieger, von dem nur noch ein Fettfleck übriggeblieben war.

Peter wollte Vernunft in die Debatte bringen. „Also, dit mit den Glooben, - ick wees nich. Ick gloobe, ick hab een Jehirn. Aba jesehn hab ick dit noch nie. Ick gloobe einfach dran."

„A propos Glooben." Max nahm den Faden von Egbert dem Alten wieder auf. „In die Bücher müssen jetzt die Nejer alle dran glooben. Ick hab jelesen, dit die Enkelin von, Mensch, wie heißt denn die mit Pipi Langstrumpf?"

„Lindgren, Astrid Lindgren."

„Also die hat alle verbotnen Wörte ausjestrichen. Da jibts keenen Nejerkönig mehr und ick weeß nich wat noch."

Peter der Erste machte ein nachdenkliches Gesicht. „Eijentlich jehört dit janz Buch verboten."

Erstaunen in der Runde.

„Na ja, dit is doch inkosequent. Da streichen se einzelne Wörter aus, aber überlecht mal: dit Kind jeht nich zur Schule – und wir ham Schulpflicht. Die lässt sich nich von die Polizei verhaften und ins Kinderheim bringen. Stattdessen macht die ihrn Gaudi mit die Polizei uffm Dach. Dit ist ja Widerstand jejen die Staatsjewalt. Denn hält se sich n Affen undn Pferd im Haus – Tierquälerei. Denn lücht se andauern, stört die Arbeit im Zirkus, spricht Autoritätspersonen mit ‚du' an. Dit is doch wien Uffstand. Dit janze Buch jehört uff Index."

Die Runde war verblüfft. Erstens, was Peter alles über Pipi Langstrumpf wusste; ach so, hatte er gerade seinen Kindern vorgelesen. Und dann die Konsequenz!

Andreas hatte nachgedacht. „Ick g...g...gloobe, et j...ibt j...ar keene Index m...m...mehr. Is vorn paar Jahrn vom Papst a...a...abjeschafft worn."

Peter: „Ick mein ja jarnich den von die Inquisition, ick mein doch dit Bundesamt für jugendgefährdende Schriften, oder wie dit heißt."

„Und die verbieten sowat?"

„Also die Pipi Langstrumpf noch nich. Dit hab ick meine Kinder erst vor Kurzem jekooft."

„Na, denn musste mal'n Antrach stelln."

„Biste doof?!"

„Ach, Leute, hört uff zu streiten. Lasst uns mal in Ruhe unser Bier trinken!"

Prost!

Frisch geträumt

Es gab einen Knall vor der Tür, dann flog sie auf und unten wurde Eggi sichtbar.

Peter der Erste: „Watt isn los? Kommste als Terrorist?"

Eggi hatte sich wieder aufgerappelt und trat an den Stammtisch. „Man, ick bin uff die Schnauze jefalln. Die Kneipe hat ja ne Stufe…"

Peter lacht: „Stimmt. Und zwar schon imma."

Eggi nickte den andern zu, setzte sich: „Ick war wohl in Jedanken."

Max: „Oder haste schon jeschlafen?"

„Nee, aba du wirst lachen: Beim Schlafen passiert mir dit öfters. Ick stolper und zucke denn zusammen und denn bin ick wieder hellwach."

Heinz, der ja alles etwas bedächtig angeht, konnte das bestätigen. „Bei mir jeht nüscht so schnell wie Einschlafen. Aber ick bin jrade beim Einschlafen und denn zuck ick mächtich zusammen."

Peter, etwas hinterfotzig: „Schnell oder langsam?"

Heinz überhörte die Provokation und erzählte aus seinem Leben in der Nacht. „Und wenn ick denn einjeschlafen bin, denn fang ick och jleich zu träumen an…"

Eggi, der inzwischen sein Bier bekommen hatte, stimmte zu. „Ick träume von die Arbeit…"

Heinz: „Lass ma, dit is schon im richtjen Leben nicht so doll, da werd ick doch nicht noch von träumen. Wenn ick träume…"

Eggi wollte den Satz noch zu Ende sprechen. „Nu warte doch ma. Ick träume von die Arbeit, aber nich wat du denkst. Ick träume, dit ick ohne Hosen zur Arbeit komme. Dit ist vielleicht peinlich."

Katrin, die heute nicht so viel zu tun hatte, war am Tisch stehen geblieben und hörte zu. Und frotzelte: „Ist schon komisch. Bei uns am Strand macht dir dit nüscht aus, aba uff Arbeit schon. Dabei sieste doch janz propper aus."

Peter war neugierig, schaute zu ihr auf: „Und? Wat träumst du so?"

Katrin ordnete ihr Haar. „Also, der irrste Traum war mal vom Jeld."

Die Runde lachte auf; das passte.

„Nee, nicht wie ihr denkt. Ick hab Abrechnung jemacht und dit stimmte nich. Immer wieder. Den janzen Traum Abrechnung und immer kam wat andret raus. Ich war wie jeplättet."

Die Runde nickte verständnisvoll. Heinz: „Ja, sone Albträume hatt ick och schon mal. Da must ick wegrennen, aber ick war wie jelähmt, kam nich vom Fleck."

„Kenn ick, is ne janz komische Situation. Bin uff de Flucht, aber komme nicht weg. Et passiert och jarnüscht. Aber ick bin doch uff der Flucht, ick muss doch weg. Dit war vielleicht een doofer Traum."

„Doof ist ja keen Bejriff! Ick komme zur Arbeet und da is keen Einjang. Dit janze Haus hat keene Tür. Und drinnen loofen schon die Bänder und ick muss doch an meen Platz. Sonst schmeißen die mir raus. Aber ick komm nich rin!"

Peter fasst zusammen: „Is doch komisch, wat man so träumt. Wir hatten Alarm, aber ick war hundemüde. Die Sirene hat vielleicht jetutet, aber ick bin nich aus dit Bett jekomm. Ick wollte ja, ick bin ja Brandmeister. Ick muss doch. Aber ick bin nich hochjekomm." Kurze Pause mit einem Schluck Bier. Dann: „Aber habta denn nur schlechte Träume? Ich muss euch een Schönen erzähln. Eenmal bin ick im Traum jeflogen. Von janz allein. Ick hab einfach meene Arme ausjebreitet und bin losjesegelt. Ick musste mir jarnich anstreng'n. Janz niedrich nur. Hinter unserm Jarten is doch son Waldstück mit ner Wiese mittendrin. Da bin ick langjesegelt. Janz still. Und uff die Wiese standen Wildschweine. Die ham mir jar nicht jehört. Da hab ick eens von oben anjestippt…"

„Und denn biste uffjewacht, stimmts."

„Wees ick nicht mehr. Aber der Traum war jedenfalls zu Ende. Aber dit war schön, so zu fliejen."

„Ja, soon schönen Taum hatte ick ooch mal. Dit war irjend een Fest und die Schwiejamutter hatte mir wieder jeärjert. Und denn hab ick den Wasserkessel jenomm, der war voller Wasser, wat jrade kochte..."

Die andern rückten etwas zurück.

„... und aus die Tülle kam doch Rauch, also Wasserdampf, janz ville. Und den hab ick die Schwiejamuter überjejossen. Die war janz in den Dampf, die war wech."

„Ja, wenn dit jeht, denn setz ick jleich Wasser uff." Eggi und alle lachten verständnisvoll, dabei hatte Eggi noch gar keine richtige Schwiegermutter.

Max setzte zum Sprechen an. „Aba ick hab eene. Und die is jar nicht so schlecht. Und nu muss ick euch mal sajen, wat ick von die jeträumt habe: Die war in meene Küche und hatte fast jarnüscht an..."

Anzügliches Gegrunze.

„Nee, nicht wat ihr denkt. Is ja och jarnüscht passiert. Aber dit die nüscht anhatte und jut aussah! Also, wista!"

Eggi: „Feuchte Träume, dit is doch jut. Dit hätt ick jern öfters."

Peter: „Also, dit mit dem Feuchten, dit machen wir mal erstma hier." Stemmte sein Glas hoch und alle andern mit.

Prost!

Rechte Nachbarn

„Wissta wat?! Meen Nachbar will diesmal AfD wähln." Max machte eine Pause. Bei Max musste man immer ein bisschen warten, ob da noch was kommt. Kam nicht.

„Warum denn nu?" Heinz.

„Weil er die Schnauze voll hat von die andern Partein. Er sacht, die richten Deutschland zujrunde."

„Wat?! Wieso denn dit?"

Egbert der Alte: „Na, Jold is dit nich jrade, wat die da oben produziern. Ick kann den schon verstehn."

Egbert der Junge protestierte: „Aba bloss, weil die inner Rejierung nicht allet richtich machen, kannste doch nich die Rechten wähln!"

Sein Vater, mürrisch: „Ach, Scheiß uff Rechts und Links. Schlimmer kanns och nich wern."

Egbert: „Schlimmer kanns och nich wern?! Wenn die die Macht ham, denn wird's wie in die DDR oder bei die Nazis."

Max, der sich seit dem Gespräch mit seinem Nachbarn Gedanken gemacht hatte, mischte sich ein: „Ick wees nich; die eenen sagen so, die andern so. Vielleicht sind da och Rechte dabei. Aber et jibt bestimmt och vernünftige Leute. Wenn die da in Thüringen für ne jeringere Steuer jestimmt ham, denn is dit doch nicht schlecht."

„Stimmt", stimmte Peter der Erste zu, „wenn de een Jrundstück brauchst, den is dit jut. Aber für die Staatsfinanzen is dit schlecht. Ick denke, man muss dit immer im Einzelfall janz jenau untersuchen."

Max gab Peter Recht, aber er erklärte auch sein Unvermögen. „Mensch, ick kann doch nich jeden Fall untersuchen. Ick muss mir doch och uff andre verlassen könn."

Andreas hatte bisher zugehört. „Aber w…w…wenn d…d…die andern sich irrn?"

Peter ergänzte: „Oder wenn die wat im Schilde führn? Wenn se erst Jeschenke machen und später holn se sich allet dreifach zurück?"

Das Gespräch kam ins Stocken. Da waren sie wieder bei einem Problem gelandet, wo sie schon mehrfach gegrübelt hatten. Als der Trump Präsident war und die blödesten Sachen raushaute.

Eggi winkte ab: „Dit war ja noch einfach. Da brauchteste nur dit Jejenteil denken, denn laachste richtich. Aba nehmt ma den Ukraine-Krieg. Dit is ja ne Schweinerei, da jibts jarnüscht. Aber warum buttern die Amis so ville Milliarden da rin? Na, sacht die Wagenknecht: Die wolln die Russen in die Knie zwingen. Quatsch, sagen die andern, wenn wa die Russen nich stoppen, denn sind bald die Balten dran und denn die Polen, und so."

Max hatte Zeit zum Nachdenken gehabt: „Dit die Balten und die Poln Schiss ham, dit kann ick vastehn. Aber wat ham die Amis davon? Die leben übern Teich, da kommt der Russe nich so schnell hin."

Peter, der offensichtlich jeden Tag die Tagesschau sah, gab zu bedenken: „Also, dit die Amis nu Menschenfreunde jeworden sind, dit jlob ick och nich. Dit warn se in Irak nich und nich in Afghanistan, und früher och nich."

„Einspruch, Euer Ehren", krächste der Alte, „wenn die damals nich den Hittler uffn Kopp jehaun hätten, denn hättn wa immer noch Faschismus hier."

Egbert der Junge, immer ein bisschen auf Widerspruch zu seinem Vater: „Ick denke, die Russen ham die Wehrmacht zusammenjedroschen."

Der Alte: „Ja, mit dit janze Material von die Amis." Dann winkte er ab. „Is ja och ejal. Ick denke, keena von uns wees, wat falsch und wat richtich is."

Damit war Peter nicht zufrieden. „Also, ick möchte schon wissen, wat falsch und wat richtich is. Früher ham wa immer übern Wetterbericht jelästert, aber heute lichta immer richtich. Und dit kannste ja am nächsten Tach och überprüfen."

Max: „Dit sag ick doch: Man muss dit überprüfen. Bloß wie übaprüf ick dit, ob meen Nachbar Recht hat oder nich?"

„Wobei denn Recht?" Egbert der Alte hatte offensichtlich den Faden verloren.

Max, nachsichtig: „Na wejen die AfD. Is di nu rechtsextrem oder nich?"

Andreas holte seinen Taschencomputer heraus, tippte ‚AfD' ein und las vor: >>Wir sind Liberale und Konservative. Wir sind überzeugte Demokraten.<< So, da wisstat!"

Peter der Erste schüttelte den Kopf: „Nee, mein Lieba, so einfach is dit nich." Klappte seinerseits das Handy auf und las vor: >> Die Alternative für Deutschland ist eine rechtspopulistische, rechtsextreme und völkische politische Partei in Deutschland, die als verfassungsfeindlich gilt.<< soweit Wikipedia."

Eggi war offensichtlich verwirrt. „Und wat is nu richtich?"

Der Alte: „Dit sagig doch: Dit kann keena wissen. So is dit immer. Erst hintaher weestet."

Max schüttelte langanhaltend seinen Kopf bis alle zu ihm schauten. „Nee, Jungs, so kann ick nicht leben. Erst hintaher Bescheid wissen. Dit jeht nich. Ick verlass mir uff unsere Ingenieure. Wenn die'n Plan zeichnen, denn muss dit stimmen. Muss!"

Andreas: „Und w...w...wenn nich? D...d...die könn' sich ja och irrn."

Hier hakte Peter der Erst wieder ein. „Jenau. Die könn sich irrn. Aber Max merkt denn inner Praxis, dit da wat nich stimmt. Uns ham se een Vortrach jehalten, dit bei Brände jetzt mit weniger Wasser jelöscht wern soll."

Der Alte lachte hönisch: „Ja, dit spart Wasser!"

Peter: „Da haste Recht. Als die Bibliothek in Weimar brannte, die mit die ville alten Büchers, da war der Löschwasserschaden jrößer als der Feuerschaden."

Der Alte lachte wieder: „Und jetzt machta dit umjekehrt, wa?"

„Nee, aber et soll jetzt mit janz feine Düsen een Wassernebel versprüht werden. Der Nebel soll so fein sein, dit de damit sojar in elektrische Anlagen löschen kannst."

Max, der Elektriker, protestiert: „In elektrische Anlagen? Mit Wasser? Du spinnst ja."

Heinz verstand kein Wort. „Wat hat denn dit nu mit die AfD zu tun?"

Peter, in aller Ruhe: „Verstehste nich? Der Brandspezialist sacht, mit Wasser elektrische Anlagen löschen, hier, der Elektriker sacht: Du spinnst. Und wer hat nu Recht?"

Heinz: „Na, dit frag ick ja dir!"

„Mensch, im Experiment kannste dit doch überprüfen. Die ham uns Bilder aus ihrn Brandzentrum jezeicht, wie die mit feinem Wassernebel een Brand in eener elektrischen Anlage jelöscht ham. Dit jeht."

Heinz: „Na jut. Und wie machste dit nu mit die AfD? Kommt die jetzt in een Brandzentrum?"

Stille trat ein. Man überlegt, wie man die AfD im Experiment überprüfen kann. Einige kauen an ihren Lippen. Dann sagt Peter der Erste: „Musste jeden Satz eben überprüfen. Wenn der in der Praxis richtich is, denn stimmta."

Andreas sekundiert: „W…w…wir sind Demokraten." Dit sagen die uff i…i…ihrer Website. Aba in der Praxis verjagen se die Lehrer da im Spreewald, die uff die Missstände in ihrer Schule uffmerksam jamacht ham. Und wenn die in Cottbus Ausländer jagen, denn könn se nich sagen, dit se Demokraten sind."

Bewundernde Blick von allen Seiten. Und Erleichterung. Und Durst. Und mit Entsetzen stellten sie fest, dass während der Diskussion das ganze Bier verdunstet war und sie jetzt am Verdursten waren. Gab
aber dann Nachschub. Prost!

Von Menschen und Tieren

„Also, habta dit jestern gesehn? In Fernsehn? Den, der immer Kabarett macht, so lustije Sachen. Wie der schon uff die Bühne steht! Also zum Piepen."

„Von wem redst du denn?"

„Na, von den Komiker. Wie heißt der denn bloß. Der mit dem Jesicht. Der macht doch immer so Faxen mit sein Jesicht. Ick hab mir jedenfalls besemmelt. Meene Alte musste dringend uffs Klo. Sonst hättse einjepullert."

„Also, ick hab jestern keene lustije Sendung jesehn."

„Nich? Fandste den nich lustich?"

„Ick wees ja jarnich, von wen du redst. Jestern war doch Krimi."

„Ach, Krimi. Krimi ist doch immer. Kann ick schon jar nicht mehr sehn. In die Nachrichten siehste die Toten und im Krimi siehst die Toten, - nee, is mir zu ville."

„Ick hab ja och keen Krimi jesehn, ick kannte den schon. Also nich den Krimi, aber den Kommissar. Der jefällt mir nich. Den Schimanski vermisse ick. Warum machen se denn keene Krimis mehr mit den?"

„Mensch, weil der George dot is!"

„Dit mag ja sein, aber deswejen könn se doch een Schimanski drehn."

„Mensch, wie willstn dit machen, wenn der Kommissar dod is?!"

„Ja, d...d...dit stimmt" mischt sich Andreas ein. .„Na, d...d...dit is doch im rich...rich...richtjen Leben och. Denn muss e...e...een anderer den Fall übernehm. Bloß weil d...d...der Kriminaler jestorben ist, könnse doch d...d...den Mord nich einfach sein lassen." Lacht plötzlich vor sich hin.

„Mensch, d...d...dit wär ja wat! Die Kriminellen, also die richtig organisierten, knallen alle Kommissare ab und d...d...denn wird niemand mehr verfolcht."

„Ach, du spinnst ja."

„Jar nich. In Italien schießen se een nach d...d...dem andern Staatsanwalt ab. Immer wenn eener jejen d...d...die Mafia ermittelt, stirbta. Und wenn d...d...der Schimanski jetzt dot is, muss eben een andrer den Schimanski übernehm."

„Aber een andrer sieht doch nich wie der George aus!"

„Ach, Quatsch. Die Maske schafft dit. Die Klum, die sieht doch ooch noch wie een Fräulein aus und is nu gleich Sechzich. Dit schafft die Maske, dit kannste globen. Denn wärn se den Schimanski och schminken könn'n."

„Aber et jeht doch nich nur um dit Aussehn. Dit ist doch och die Stimme, und wie der jespielt hat. Dit war eben unverwechselbar. Nee, mit Schimanski, dit kannste dir abschminken."

„Ach, nu hab dir mal nich so. Ick finde dir verzacht. Dit jeht heute allet. Mit die künstlichen Computer ham se doch die ABBAs och wieder ufftreten lassen. Und der tote Lennon singt och wieder bei die Beatles mit. Hab ich selbst jehört. Soll allet künstlich sein. Dit schaffen die heute." Macht eine Pause, bekommt ein verschmitztes Gesicht. „Hört ma! Denn kommta in die Kneipe und Egbert der Alte sitzt da. Sitzt da und trinkt sein Bierchen."

Alle schauen verdutzt. Dann sagt Andreas: „Na, d...d...dit m...m...machta doch immer."

„Ja, aber Egbert is inzwischen dot."

Jetzt ist Andreas erschrocken. „Egbert is d...d...dot?"

„Nee, nich in echt. Ick sach bloß so."

Heinz spricht eine Verwarnung aus: „Eh, aber sowat sacht man nich. Da haste Jlück, dit Egbert heute nicht da ist." Wendet sich an dessen Sohn: „Wo ist der überhaupt?"

„Dit wees ick och nicht. Aber leben tuta. Aber, Max, nu sach ma. Also meen Vadder sitzt da und trinkt sein Bierchen…"

Max: „Ja, aber dit is jarnich dein Vadder. Dit is eene künstliche Intellijenz."

Eggi: „Nee, denn is et nicht meen Vadder. Mit Intellijenz hat der nüscht am Hut."

„Ick mein ja nur. Heute kannste doch allet nachmachen im Computer. Der Papst uff Schiern, die Shakira ordentlich anjezogn, und Erdoan kommt nach Deutschland und ruft die Türken uff, sie solln sich integrieren bei uns."

Heinz wundert sich: „Bei uns? Bei mir nich. Ick will keen Türken ham. Die brauchen nich intrigiern."

„Na jut. Denn…" Er überlegt. „Denk ma an dein Hund. Den könnse wiederherstelln."

„Man, der war doch schon alt. Ick will keen alten Hund mehr. Den musst ick die Treppen schon runtertragn, weil der so Arthrose hat. Nee, lass ma, brauchst dir keen Mühe zu machen mit deine Intellijenz im Computer. Mir reicht meene Olle."

„Musste die ooch schon die Treppen runtertagen?"

„Nee, so schlimm is dit noch nich. Aber wir warn am Dienstach beim

Arzt. Da musst ick ihr richtich stützen, sonst wärn wa da nich anjekomm. Denn hat se sich im Wartezimmer wieder erholt. Bis se nich mehr sitzen konnte. Und denn sacht der Arzt: Aber, Sie jehörn doch ins Bett! Dit war ja nu klar. Frag ick: Machen Sie denn Hausbesuche? Nee, sachta, dazu komm ick jar nicht mehr. Sag ick: Aber Sie ham doch den janzen Mittwoch zu. Sachta: Da mach ick Büro. Wird immer mehr. Und denn is meene Frau umjekippt. Da ham wa se uff die Liege jelecht und denn hatta ihr ne Spritze jejehm und denn sind wa vergnügt nach Hause jelofen."

Eggi hat die Kurve nicht gekriegt: „Und wat hat dit mit die künstliche Intellijenz zu tun?"

„Man, dit is doch klar. Denn bleibst zu Hause, schaltst dein Computer ein und der sacht dir denn, watte hast und denn krichste een Rezept und denn biste jesund. So wird dit sein."

„Na, ick wees nich. Mit wär lieber, die künstliche Intellijenz macht een besseret Programm in Fernsehn. Meene Frau will nur noch Tiersendung sehn."

Mit einem Gedankenblitz Eggi: „Ja, und welchet Tier habt ihr am liebsten?"

Und alle, mit einer Stimme, wie eingeübt: „Den Zapfhahn!"

Prost!

Handschlag

Die Runde war heute klein. Egbert der Alte lag mit Grippe im Bett.

Heinz: „Und is dit wirklich nur ne Jrippe?"

Eggi, sein Sohn, konnte das glaubhaft machen. „Mensch, wir ham doch son Corona-Test jemacht. Nee, is Jrippe, aber hats in sich."

„Na, denn wüncht ihm ma jute Besserung. Und wer war dit, mit den de Jestern rumjelofen bist?"

Eggi winkte ab. „Dit war een Schulfreund. Also, in der Schule warn wa janz dicke. Aber jetzt is der komisch."

„Wieso?"

„Der studiert doch Soziologie."

„Wat isn dit?"

„Hab ick ihn och jefracht. Hatta jesacht, er untersucht, wie wir uns bejrüst ham. Hab ick jefracht: Wie ham wa uns denn bejrüst? Sachta: Na, mit Handschlach."

Heinz versteht nicht. „Und dit muss man studiern? Dit hab ick doch schon als Pipel jemacht."

„Ja, jemacht. Aber warum?"

„Wat warum? Na, weil dit doch alle machen."

„Nee, hatta mir erklärt, machen nich alle uff die Welt. In Asien falten se die Hände, die Eskimos berührn sich mit die Neese. Und so weiter. Und warum machen wir dit mit die Hände?"

Heinz sinniert einen Moment, dann kommt er zu dem Schluss: „Is mir eijentlich ejal. Irgendwie muss man sich bejrüßen."

„Ja, siehste!" Eggi protzt mit seinem Halbwissen. „Da hatta mir erklärt, dit dit een juten Jrund hat." Heinz schaut ihn aufmerksam an. „Na, wenn de fremd bist und du jehst uff een zu, denn weeß der andre doch nich, ob de freundlich oder feindlich bist, ob de nee Keule hinterm Rücken versteckst oder een Jeschenk mitjebracht hast."

„Na, und?"

„Na, is doch klar: Denn zeichste deine Hände. Und denn sieht der andre, dit de keene Keule hast."

Heinz betrachtet seine Hände. Dann streckt er seine Hand über den Tisch, zu Eggi: „Tach!"

Eggi lacht, aber nimmt die Hand und sagt auch „Tach."

„Also, ne Keule hast nich, dit seh ick. Aber vielleicht kippste mir Jift in Kaffee."

„Du trinkst doch jar keen Kaffee."

„Ja, da hab ick aba Jlück. Denn sone KO-Troppen int Bier."

„Nee, mach ick nich."

Beide nahmen einen Schluck aus ihren Biergläsern, garantiert frei von feindselige Stoffen. Nach eine Pause des Nachdenkens nimmt Heinz wieder den Faden auf: „Und wat machta mit dit Wissen, warum wir een Handschlach machen?"

„Dit weeß er och nich."

„Wat?! Da studierta jahrelang soon Zeuch und weeß nicht, wozu!"

Eggi wird besinnlich. „Hab ick mir och jefracht. Wenn de Zahnschmerzen hast, jehste zum Zahnarzt. Wenn deine Heizung nich mehr anspringt, jehste zum Klempner. Wenn de wat wejen Verkehrsunfall brauchst, denn jehste zum Anwalt."

„Jenau. Aber wer jeht denn zu een Soziologen?!"

„Keener."

„In der Schule wollte der immer die Welt verbessern. War Schülersprecher. Hat mit die Lehrer jeredet. Dit war manchmal janz jut für uns. Und denn wollta studiern. Ökonomie nich. Jura nich. Denn issa erstma int Ausland jejangen. Hat da jejobt. Denn hab ick den nur noch janz selten jesehn. Und wenn, war mir dit zu anstrengend, immerzu über die Welt diskutiern. Und von Fußball hat der jar keene Ahnung."

„Und denn hatta Sozologie studiert. Weila wissen wollte, warum wir uns die Hand jeben? Und watta denn machen will, weeßa wahrscheinlich immer noch nich. Ick weeß janz jenau, zu wat meene Hand hier uffn Tisch licht..."

„Ick och", lacht Eggi. Beide greifen ihre Gläser und leeren sie bis zum Grund.

Prost!

Künstliche Menschen

„Man, eh, ick hab Metropolis jesehn!"

Heinz: „Wo is denn ditte? Warste in Urlaub?"

Egbert der Junge schüttelt seinen Kopf. „Im Kino. Im Filmkunstkino. Da ham se een janz alten Film jespielt. Von 1927."

Max lacht: „Da biste aba früh hinjejangen. Wir ham schon 2024."

Eggi lässt sich nicht aus der Ruhe bringen. „Da ham se schon mit Robotern jefilmt, also in die Jeschichte kamen Maschinenmenschen vor. Und jetzt sind wa so weit."

Heinz kann wieder nicht folgen. „Womit sind wa soweit?"

„Na, mit Robotern."

„Ach so. Die jibts doch schon lange. Hier jammern se wejen Arbeitskräfte und in Japan jibts davon schon Tausende."

Eggi weiß das, aber er meint nicht so maschinelle Gehilfen, sondern künstliche Menschen.

Max verblüfft seine Leute: „Künstliche Menschen? Och, brauchta bloß mir anzukiecken. Ick bin schon künstlich. Ja, da staunta. Ick habe mir een Jebiss machen lassen." Öffnet seinen Mund und bleckt die Zähne.

Großes Hallo am Stammtisch.

„Fällt janich uff, wa? Habick extra nich so weiß wie bei die Amis immer machen lassen. Sieht doch viel natürlicher aus."

Andreas hebt seinen Arm: „Wenn d...d...du künst...künstlich bist, d...d...denn bin i...i...ick och k...künstlich. Mir ham se bei d...d...den Unfall mitn p...p...paar Näjeln die Knochen wieder zusammenjekloppt."

Peter der Erste lacht. „Jenau. Und meene Mutter erst. Die is noch ville künstlicher. Die hat zwee neue Hüftjelenke."

Max: „Und nu kannse rennen wie der Oskar Pistorius mit seine federnden Beene, wa?"

Eggi kommt wieder zu Worte. „Ja, wat die schon allet auswechseln können! Der eene hat künstliche Jelenke, der andere een Herzschrittmacher..."

Er wird von Max unterbrochen: „Oder sojar een künstlichet Herz, drinnen."

„Ja, und Insulinpumpen, fest installierte."

Peter der Erste ist ja Brandmeister und kann berichten. „Da ham wa mal zwee Leute ausm Brand jezogen. Die hätten nich übalebt, wenn se die nicht in eene Spezialklinik jeflogen hätten, wo se künstliche Haut jekricht ham. Und een Forensiker hat uns erzählt, dit die mit die künstliche Haut Verletzungen simulieren, ob der Tote natürlich jestorben is oder mit listije Jewalt."

Eggi: „Sieste, da könnse die Roboter doch mit die Haut umkleiden, denn sehn die wie wir aus und denn kannste Menschen und Maschinenmenschen nich mehr unterscheiden."

Heinz ist nicht einverstanden. „Man, dit jeht doch nich ums Aussehn. Also, den Roboter, den wir in die Tischlerei ham, der is sowat von doof, dit jlobt ihr nich. Der kann nur die Bretter stapeln. Denn warn extra Programmierer da, damit der och wat andret kann, hat aber nich jeklappt."

Eggi schüttelt heftig seinen Kopf, er ist seit dem Film von Fritz Lang geradezu ein Anhänger der Maschinenmenschen geworden. „Doof? Dit is doch nur ne Frage der Zeit. Denk ma, wie schnell dit jing, als der Computer den Schachweltmeista jeschlagen hat. Und inzwischen schlagen die schon Go-Meister, wat man nich für möglich hielt. Nee, irjendwann sind die so schlau wie wir und denn kannste dir mit die unterhalten und keener weeß mehr: ist dit een Mensch oder is dit eene Maschine."

Peter stimmt zu. „Und denn ham wa son Stecker im Kopp wie in den Film MATRIX und denn kannste blitzschnell allet lernen. Der Elon Musk will ja dit in echt. Brain-Computer-Interface. Denn könn' Lahme wieder sehn und Blinde wieda jehn."

Heinz denkt an seinen doofen Stapelroboter. „Nee, Leute, dit sind allet Märchen. Sone Jedanken ham die schon vor Jahrtausende jehabt. Die Juden ham ihren Golem jehabt, die Kölner ihre Heinzelmännchen…"

Eggi protestiert: „Heinzelmännchen sind doch keene Roboter. Und du wirst dir wundern, wat der Musk noch macht. Erst die Elektroautos, denn die Weltraumraumraketen, die wieder landen und für seine Firma, ick wees nich wie die heißt, aber da jibt der Milliarden Dollars aus. Wirste sehn."

Heinz ist unbeeindruckt. Er spricht ja immer sehr langsam, aber nun mit Nachdruck: „Jarnüscht werd ick sehn. In Kino vielleicht, aber nich in die Wirklichkeit."

„Naja", gibt Peter der Erste zu bedenken, „die ham schon ne Menge Leute mit Parkinson jeheilt, weil se die Elektroden int Jehirn einjepflanzt ham und jetzt wackeln die nicht mehr mit die Hände rum."

Max kriegt wieder die Kurve zur Versöhnung. „Mensch, Heinz, dit is doch wichtich. Wenn de son Tremor hast und nicht mehr stillehalten kannst, wie willste denn da dein Bier trinken?"

„Dit is jut. Und Bier brauchen die Roboter ja och nich. Aber ick!"

Prost!

TESLA in Grünheide

Die Runde war vollzählig. Es gab ja auch viel zu erzählen und Austausch ist in einer Demokratie wichtig, hatten die Politiker erklärt. Also Austausch!

Max erklärt den anderen, dass er mal so, mal so denke. „Ick wa ja am Anfang jejen die Fabrik."

Er wird von Andreas unterbrochen: „Dit... dit... dit bin ick i...i...immer noch."

Max lässt sich nicht beirren. „Erst hab ick dit nich jeglobt, dit der Elon Musk hier nach Grünheide kommt. Und denn dachtik: Der kommt ja nur, weil wir hier mit die Steuerjeschenke so um uns werfen. Da komm' ja nich mal die Bayern mit."

Peter der Erste winkt ab: „Die Bayern sind uff den nich anjewiesen, die ham Industrie satt."

„Eben", Max stimmt zu, „wir nich. Sach mal, Eggi, wie war dit mit deine Arbeitslosigkeit?"

„Man, erinner mir nich. Ick bin heilfroh, dit ick een Job bei TESLA hab. Und dit Jeschrei um die Bäume kann ick nicht nachvollziehn. Allet Kiefernplantagen. Da redn die von Wald. Ick war in die Karpaten, - da is Wald, sag ick euch!"

Heinz versteht mal wieder nicht: „Ja, wie die Kiefern hier im Sommer leiden, ham wa jesehn: allet braun, wa. Und Waldumbau ist richtich, wa. Aber wie willstn richtijen Wald anpflanzen, wenn da ein Werk oder Lagerhallen hinbetoniert sind, wa?! Na, sacht ma!"

„Mensch", protestiert Peter, „et jibt so ville Stellen, wo noch uffforstet werden kann. Ick bin jedenfalls für dit Fällen hier."

Andreas protestiert: „Aber w...w...wieso denn?"

„Darf ick dir erinnern, dit ick bei die Feuerwehr bin, ja?! Wenn son Kiefernwald brennt, denn kannste nüscht mehr machen. Da kannste alle bei uns fragen; die ham die Schnauze voll von der Brandbekämpfung im Wald."

„Ick denke, ihr dürft jar nich in den Wald rin wejen die alte Munition."

„Kommt noch hinzu. Die musste rausholen. Kostet Jeld. Jeld kricht die Jemeinde jetzt von TESLA. Und och von die andern Firmen, die sich hier anjesiedelt ham. Ick finde: Arbeit ist dit wichtichste. Wenn de Arbeit hast, haste Einkomm'n. Wenn de Einkomm'n hast, haste Bier." Hob sein

Glas und sogar Andreas, der den Wald schützen will, hebt jetzt sein Glas.

„Und denn…" Peter ist bekanntlich der Vernünftigste in der Runde und wendet sich Andreas zu. „Und wenn de den Wald schützen willst, kannste dit wirklich machen, indem de den Strommast sabotierst? Wir ham doch alle im Dunkeln jesessen."

Egbert der Junge: „Im Dunkeln und ohne Arbeet."

Max, wieder provokant: „Und ohne Fernsehn."

Eggi: „Ja, doch. Aber wat meenste, wat son Ausfall bei TESLA kostet?! Wenn die Vulkangruppe so wat macht, denn ham sone Leute bei mir aba verschissen."

Max verlässt seine Wackelposition. „Die stinken mir och. Die komm von irjendwoher, um hier Krawall zu machen. Ick hab dit schon mal erlebt, wie so Touristen-Revoluzzer eene Demonstration jekapert ham und denn bloß immer jerufen ham: Haut die Bullen platt wie Stullen! Und meen Schwager ist Polizist; da fängste an zu jrübeln. Und uff die Bäume sitzen och keene aus Grünheide. Allet Importe."

Andreas versucht zu retten, was zu retten ist. „Ja, w… w… wenn unsre Kräfte n… n… nich reichen? Wenn de k… k… keen Wasser mehr in dein Jarten hast, denn is et … is et zu spät. Wir m…. m… müssen jetzt w… w… wat tun!"

„Tun die doch." Max hat Beziehungen zum Gemeinderat. „Jetzt braucht TESLA nur noch die Hälfte von die Bäume. Jeht doch!"

Peter wiegt seinen Kopf. „Klingt erstma janz jut. Aber kommt denn och der Bahnhof? Und dit Logistikzentrum wird wohl och woanders jebaut. Aber wat mir wehtut, is, dit die Kita nicht jebaut werden kann. Die hätten wa jebraucht. Fehlt doch überall an Kitaplätzen. Weste, dit is wie bei den Witz von dem Eisberg."

Eggi: „Wat denn für een Eisberg? Erzähl ma."

„Na, soon Fischtrawler ist unterjejangen, aba die Besatzung konnte sich retten. Uff een jroßen Eisberg. Aba eener is janz verzweifelt: Wat nutzt uns denn een Eisberg, da erfrien wir doch bloss langsamer. Nee, sacht der Kapitän: Kick ma da! Da kommt een jroßet Schiff. Dit is die TITANIC. Dit is unsre Rettung."

Stille. Aber dann macht es Klick und Gelächter bricht los.

Prost!

Fachkompetente Minister

Die Runde war etwas müde. Im Mai, mit den vielen Feiertagen, da kommen viele nicht zur Ruhe. Man saß also etwas erschlafft und trank sein Bier. Dann kramte Eggi der Junge in seiner Tasche und legte einen großen Zettel vor sich auf den Tisch.

Max, der ja immer ein bisschen um die Ecke dachte, machte einen Witz: „Is dit deine Austrittserklärung aus den Stammtisch?"

Egbert: „Quatsch. Dit musste ick mir uffschreiben, weil: so kann ick nich reden."

Max: „Und wat willste denn reden?"

Egbert: „Na, denn spann mal deine Lauscher uff! >> Demokratie ist ein deliberativer Prozess, in dem sich die Bürgerinnen und Bürger informieren, eine Meinung bilden und dann fachkompetente Männer und Frauen in ein Parlament wählen.<<

Die Runde war sprachlos. Max: „Und dit hat wer jesacht?"

„Der Kanzler. Jawoll. Uff eene Bürjerversammlung, für jederman."

Egbert der Alte: „Ick hab keen Wort verstanden."

Andreas meldet sich. „Wat h… h… heißt denn de… de… de oder so?"

Egbert der Junge: „Musste ick och erst nachschlagen. Dit heißt, dit man miteinander redet, reden und diskutiern."

Heinz stellte sein Glas ab und protestierte: „Versteh ick nich. Dit hat er doch jrade jesacht, wa. Dit is ja denn doppelt richtich jemoppel, wa. Wozu hatan dit jesacht?"

Max: „Nee, lass doch ma. Der Knüller ist doch der Satz, dit wir fachkompetente Männer und Frauen wählen und die denn machen."

Heinz bestätigt: „Ja, dit hatta jesacht. Dit is doch jut, wa."

Eggi wendet sich Heinz zu: „Ick fand den Satz bescheuert. Aber dit mit die fachkompetenten Männer und Frauen, dit hat mir richtich jeärjert, jeärjert hat mir dit. Wenn de dir die Minister in unsere Rejierung ankiekst, denn kannste aber Zweifel kriejen."

Heinz ist heute im Widerspruchsgeist gefangen: „Aber dit stimmt doch: die sind alle jewählt, wa. Die ham wir jewählt, wa."

Eggi: „Ick sach dir mal, wat wir jewählt ham! Wir ham een Kanzler, der ist Rechtsanwalt, aber hat bei die Cum-Ex-Jeschäfte in Hamburg mindestens Dreck am Stecken. Wir ham een Arbeitsminister, der hat jrade Mal Zivildienst beim Wohlfahrtsverband jemacht, aber jearbeitet hat der sonst nie, noch nie. Die Lemke, die Umwelt und nukleare Sicherheit macht, die is Zootechnikerin.

Also von die janzen 17 Minister haben acht praktisch jearbeitet, aber meistens nur janz kurz. Und zwee ham sojar in ihr Fach jearbeitet: der Lauterbach ist Mediziner und der Buschmann is Jurist."

Egbert der Alte ist beeindruckt von seinem Sohn. „Man, woher weesten dit allet?"

„Hakick recherchiert. Ick habe mir jefracht, welche Fachkompetenz die ham. Die Bauministerin, die hat überhaupt noch nie jearbeitet, also praktisch. Die hat immer Politik jemacht. Die Nancy Faeser och. Der Wissing, der Verkehr macht, der war mal Richter. Die Paus, die Familie und so Jedöns macht, die hat och bloß studiert. Wie alle. Studiert ham die wie verrückt."

Max, der wieder mit seinen Gedanken um die Ecke kam, fragte scheinheilig: „Na, muss denn, wenn eener über Digitalisierung den Hut uff hat, muss der denn EDV druff ham?"

Andreas wusste es besser: „F… f… für D…D…Digitalisierung jibst keen."

Max ließ sich nicht beirren. „Also jut, denn für Wohnungsbau. Oder Rente. Da musste denn aba lange suchen, bis de da een fachkompetenten Minister findst."

„Aber dit wär doch nich schlecht, wenn wa Experten hätten!" findet Eggi trotzig.

Und Egbert der Alte unterstützt seinen Sohn: „Experten? Experten findik jut. Wenn ick een Klempner rufe, erwarte ick och een ausjebildeten Klempner."

Andreas sekundierte: „Oder e… e… en Zahnarzt."

Egbert wunderte sich: „Wat will ick denn mit een Zahnarzt, wenn meene Heizung meckert?"

„Ick m… m… meine ja, w… w… wenn de zum Zahnarzt musst, wie ick jestern."

Max richtete sich auf. „Jungs, ihr habt janz schön hohe Ansprüche an unsere Rejierung. Ick wees nich. Mir würde schon reichen, wenn hier Bedienung kommt."

Das war der Unwillen, dass Katrin, die Wirtin, krank war und die junge Vertretung noch nicht wusste, dass leere Gläser am Stammtisch schnell gefüllt werden mussten. Ohne langes Winken und Erklären. War eben eine ohne Fachkompetenz.

Prost!

Einkommen Ungelernter

Das Fußballspiel vom Wochenende war durchgesprochen, die Arbeiten in den Gärten auch. Über Krankheiten gab es nichts zu berichten – Gottseidank. Über Frauen hatten sie sich erst letzte Woche ausgetauscht. Worüber sollte man jetzt reden?

Nach eine Pause fragte Max: „Sacht ma, wat verdient eijentlich een Unjelernter?"

Eggi wunderte sich: „Aber du bist doch Elektriker."

Max: „Dit wees ick och. Aber in unserer Familie ham wa een Knaben, der die Uni jeschmissen hat und nu als Paketfahrer sein Jlück machen will. Und da hab ick ihn jefracht. Aber da hata nüscht jesacht."

Eggi zeigt Verständnis: „Vielleicht wees er dit noch nich."

„Man, vorm Jahr hata wat von Unternehmensberatung erzählt und Zehntausend im Monat..."

Peter der Erste zieht seine Stirn kraus. „Direkt vonna Uni? Und denn jleich so ville?"

„Ja, hatta jesacht, BWLer suchen die jroßen Beratungsfirmen. Da biste Jold-staub."

Egbert der Alte, der sich nicht mehr für Einkommen interessierte, nur noch für Rente, fragte nach: „Wat isn BWLer?"

Max und Adreas fast gleichzeitig: „Betriebswirtschaftslehre." „B… B… Betriebs-wirtschaftslehre."

Peter: „Dit kannste doch googeln. Hier! Paketbote hat monatlich 1.300 bis 1.800 netto. Beim Deutschen Paketdienst sojar 2.300 Emm."

Eggi: „Naja. Solange er im Hotel Mama lebt, kanna damit jut hinkomm. Aber wehe, der will mit ner Frau ne eigne Wohnung ham. Da muss die aber schon Chefsekretärin bei TESLA sein."

Peter hatte weiter gegoogelt. „Et jibt aber och besser bezahlte Beschäftijungen für Ungelernte…"

Kunstpause.

Max wurde ungeduldig. „Nu sach doch ma!"

„Wenn de Abjeordneter wirst. Die im Bundestag ham 10.000 uff de Kralle. Und 5.000 für Uffwände. Und denn noch Jelder für Anjestellte."

Ergriffenes Schweigen. Peter relativierte gleich. „Hört sich ville an. Aber die müssen ja och ihre Abjeordnetenbüros unterhalten und durchs Land reisen und so."

Max war immer noch beeindruckt. „Ja aber, 10.000! Dit ist doch wat!"

Andreas überlegte. „Aber d… d… die machen d… d… doch unsere j… janzen J… Jesetze. Dit is ja och V…v…verantwortung."

„Jenau. Deswejen ham wa och so jute Jesetze. Wie dit Heizungsjesetz. Oder wie dit Mautjesetz." Peter hatte das in den Nachrichten verfolgt. „Wissta noch, als der Jünter verjessen hatte, die Handbremse anzuziehn und der Wajen in die Böschung rauschte, da hatta zwee Monatsjehälter für die Bergungskosten und die Sachschäden zahlen müssen. Und wat zahlt der Scheuer?"

Egbert der Alte hatte den Namen längst vergessen. „Wer is denn Scheuer? Habtan Neuen?"

„Quatsch. Der Andy Scheuer. Der Verkehrsminister aus Bayern. Der die Maut für Ausländer machen wollte."

Max wusste Bescheid. „Aber die is ja denn nich jekomm."

Peter nickte. „Aber bezahlt ham wa."

„Wofür denn? Ist doch nich jekomm."

„Ja, aber die Firma hatte sich schon druff einjestellt."

„Ach, und denn kricht man Jeld?"

„Klar. Entjangener Jewinn."

„Ach, und denn ham die Jeld jekricht?"

Peter machte es spannend. „Naja, een bisschen. - So 240 Millionen."

„Ach, du spinnst doch.

„Nüscht mit Spinnen. Dit war noch een Schnäppchen. Da ham sich die Firma und die Bundesrejierung druff jeeinicht."

Max rechnete. „240 Millionen! Da muss der Scheuer mit seine 10.000 aber lange abstottern."

Peter lachte: „Nüscht is mit Abstottern. Jar nüscht zahlt der. Der Wissing hat noch een Jutachten machen lassen, aber nu ham se dit still und heimlich beerdigt."

Max ist empört: „Der muss jarnüscht bezahln?! Der kann einfach Schaden machen und nüscht passiert?"

Peter nickte. Und Eggi mit erregter Stimme pflichtete bei: „Ick kann mir nich erinnern, dit een Politiker für irgendwat haftet. Schlimmstenfalls komm'n die nicht mehr int Parlament. Schluss."

Max ist immer noch empört: „Dit jibts doch jarnich! Wenn die richtich Scheiße baun, passiert nüscht?"

„Nee, der hat ja bloß uff sein Staatssekretär jehört. Und der hatte sich uff die Zuarbeit von een Abteilungsleiter verlassen, der ne Meinung von een Referenten wiederjejeben hat. Der war schuld oder der Pförtner…"

Max fasst zusammen: „Dit is doch Scheiße."

Andreas: „N… n… nu willst nicht mehr Pakete ausfahrn, n… n… nu willste inn Bundestach, wa?!"

Max: „Ick will nich in Bundestach und Pakete fahr ick erst recht nich aus. Aber ick will mir bei so ne Scheiße besaufen. Machta mit?"

Prost!